河出文庫

その時までサヨナラ

山田悠介

kawade bunko

河出書房新社

目次

その時までサヨナラ

1

夜八時を過ぎると銀座の顔は一変する。百貨店や高級ブランド店は明かりを消し、入れ替わるようにしてバーやクラブ、そしていくつもの雑居ビルがネオンを灯す。だんだんと会社員や主婦や若者たちの姿は消えてゆき、街には着物やドレスを着た女たちが目立ち始めるのだ。しばらくすると高級車やタクシーが集結し、後部座席からは威厳漂う男たちが降りてくる。そのほとんどが五十代後半から六十代前半。多くの部下を引き連れて大名行列みたいに街を闊歩《かっぽ》する者もある。中には、三十代とおぼしき若さで先頭に立つ者もいた。いずれも権力があり、金を腐るほど持つ者たちばかりだ。

銀座界隈にはバーやクラブが星の数ほどもあるが、彼らは高級料理店で食事を済ませたあと、贔屓《ひいき》にしているクラブに足を運んでいく。中でも有名なのが、銀座七丁目の一角にある『クラブ・麻奈美《まなみ》』だ。ここは銀座で一、二を争う高級クラブで、チャージ、つまり席に着いただけで七万はするという。一般人にはとても入れない店である。

『麻奈美』は全国でも有名な寿司屋の隣にあるビルの地下一階にある。レンガで造られた螺旋《らせん》状の階段を下りていくと、心落ち着くピアノの生演奏が聞こえてくる。店内は四十坪とそれほど広くはないが、ホステスは常に二十から三十名はいる。二十代後半から三十代前半が多く、粒ぞろいだ。さすが高級クラブとあって、みんな美しさに磨きをかけ、指先にまで気を遣っている。もちろん接客も一流である。言葉遣いやお酒の作り方はもちろん、細部にまで目を配らせている。男の扱いも実に巧い。男が喜ぶ言葉や仕草を知り尽くしている。厳しい教育を受けているのがよく分かる。

世間では不景気と言われているが、そんなものは嘘だとでも言うように『クラブ・麻奈美』は今夜も満席で賑わっていた。客は芸能人、スポーツ選手、政治家、財界人と、どこを見ても大物ばかり。その中に、今、売れに売れている恋愛小説家・後藤田《ごとうだ》夏夫《なつお》の姿もあった。今年三十二歳になる彼は、去年の春に文芸界で最も権威のある賞を受賞し人気に火がついた。賞を獲って一年半の間に三本の小説を発表したが、いずれも二十から二十五万部を売り上げ、既刊の文庫も全てが五十万部を超えるという驚異的な数字を叩き出している。現在、文芸界で最も勢いがあるのは後藤田夏夫だろう。

森悟《もりさとし》は、後藤田夏夫に付いているホステスの隣に座っている。後藤田とホステスが楽しそうにしゃべっているのを横目にタバコを吸っていた。森悟は講文社第一編集部に勤める後藤田夏夫の担当編集者である。百八十センチの上背にオールバックの男が、クラブでグラスを片手にタバコを吸っていると様《さま》になる。彼が作家と言っても誰も疑いはしないだろう。悟は後藤田の前でも遠慮はしなかった。機嫌を取ることも気を遣うこともない。後藤田とはそれくらい長い付き合いなのだ。

後藤田夏夫とはもう八年近い付き合いになる。悟は、彼がデビューした頃から担当している。後藤田は、講文社が主催する恋愛小説賞の特別賞に選ばれデビューした。が、賞を獲ったとはいえ初版は六千部。それでも周りの期待は大きかったのだが、まったくと言っていいほど売れなかった。

どの業界も結果が全てのシビアな世界である。デビュー作の結果を見て、講文社編集部は後藤田には次作の依頼はしないと決めた。しかしその決定に唯一人反対したのが悟だった。もう一度チャンスを与えてほしいと編集長に頼み込んだ。念願だった大手出版社に入社してから約五年、悟が初めてその才能にホレた新人だった。後藤田には読者をグイグイ引き込む文才と、非凡なアイデアがある。後藤田は将来必ず売れると悟は読んでいた。

悟の熱意が通じ、後藤田は二作目を出版することができた。時間をかけて何とか一万部を売り上げ、デビュー作を上回ることができたがヒットと言うにはほど遠かった。悟と後藤田は、世間は今どのような作品を求めているのか、打ち合わせをし、次々と新作を発表していった。が、鳴かず飛ばずの日々が続いた。

悟はこのまま後藤田を終わらせるわけにはいかなかった。編集長には売れると断言しているし、周りの目もある。そして何より自分の出世だってかかっている。本を売ることのできる編集者が人の上に立つ。悟は、自分は誰よりも仕事ができ、作家を育てる力のある編集者になる自信があった。また人一倍の野心があった。後藤田でつまずくわけにはいかなかった。売れてもらわなければ困るのだ。

チャンスは突然訪れた。去年、文芸界では最も大きな賞に後藤田がノミネートされた。このときから悟には自信があった。他のノミネート作に比べ、後藤田の作品には読者を惹きつける魅力があった。独創性があり、時流にも乗っている。

悟の予想どおり、後藤田は最年少で賞を受け全国にその名を轟《とどろ》かせた。そこから二人の人生は一変した。後藤田は現在初版で八万部を刷り、重版を重ね二十万部以上を売り上げる超人気作家となり、悟は三十四歳で第一編集部副編集長となった。もうじき人事異動があるので、今年中には編集長になるだろう。

何もかもが自分の思いどおりに進み始めている。もっとも、こうなることを彼は知っていた。悟は編集部内の人間を見返した気分だった。部内のライバルたちは後藤田は売れないと決めつけていたようだが、悟には先見の明があった。後藤田の作品に魅力がなければとっくに切り捨てている。今頃会社で必死に働いている奴らの姿を思い浮かべて悟は鼻で笑った。

それにしても、と悟は後藤田に目を向け眉を顰《ひそ》めた。後藤田はホステスの肩に左腕を回し、右手で酒を一気飲みした。そして顔を真っ赤にしてホステスを口説いている。相当酒が回っているようだった。

悟はやれやれと息を吐いた。売れない頃は安い料理屋でも満足していた男が、今では高級クラブに連れていかなければ満足しなくなった。売れた瞬間、後藤田は人が変わったようになった。

陰で支えてきた悟にすら大きな態度を取るようになり、敬語すら使わなくなった。しかし今や後藤田は超のつくほどの人気作家である。悟はご機嫌取りこそしないものの、彼の機嫌を損ねる発言はできなかった。賞を獲るまでは講文社一本で新作を出していたが、今では十社以上が後藤田に新作の依頼をしている。後藤田はしばらく他の出版社には書かないと言っているが、どの社よりも派手な接待をしなければ、いつ後藤田の気持ちが揺らぐか分からない。この作家にはいつまでも書いてもらわなければ困る。

後藤田は空になったグラスを天井に向かって掲げた。

「新しいボトル持ってこい」

悟の隣に座っていた部下の川田《かわだ》紀子《のりこ》がすかさず止めた。

「先生、もうそのへんにされたらどうですか。お身体に毒ですよ」

紀子の言葉には別の意味があった。『麻奈美』でボトルを一本頼めば二十万は下らない。金を出すのは当然出版社だ。本来、悟の補佐役の紀子が心配することではない。実は彼女が心配しているのは金ではなく悟のほうだった。副編集長とはいえ、彼が使える経費には限度がある。後藤田はすでにボトルを一本空けているので、チャージを含めたら五、六十万は下らない。そんな多額な経費が通るのか、悟が負担することになるのではないか、と紀子は気が気でなかったのだ。

ホステスよりも若くて色気のある紀子が言っても後藤田は聞かなかった。

「まあまあ、いいじゃないか紀子ちゃん。今日は気持ち良く飲ませてくれよ。毎日缶詰でストレスが溜まってんだ」

悟は口を挟むことなく、ただタバコを吸っているだけだった。紀子が困った様子でこちらを見ているのは知っていた。

「ねえ、森さん。いいよね？」

後藤田は甘えた声でねだってきた。悟はタバコを持ったままホステスに言った。

「今日は先生の好きなように飲ませてあげてくれ」

ドレスを着たホステスは、

「かしこまりました」

と頭を下げて席を立った。

「大丈夫？」

耳元で紀子に聞かれた。

「いいさ。誰も文句は言わない」

悟にはまったく動揺がなかった。経理には何も言わせない自信がある。後藤田は今最も売れているベストセラー作家だ。たとえ百万使ったって文句はないだろう。後藤田は今、来年二月に講文社で出す作品を書いているのだからなおさらだ。酒で気分が良くなるのなら安いものである。

「先生、飲み過ぎても新作の原稿は約束の日までにちゃんとお願いしますよ」

紀子には、これだけ遊ばせているんだから、という意味も含まれていた。彼女が確認すると後藤田は機嫌好く、

「分かった分かった」

と手をヒラヒラさせた。

「本当に大丈夫かしら？　あと一週間でしょ？　本当に原稿進んでいるの？」

紀子がまた悟の耳元で囁いた。

「大丈夫さ。明日もう一度、素面《しらふ》のときに念を押す」

悟はそう言って、グラスに残った液体を飲み干した。

新しいボトルが運ばれると、ホステスは後藤田のグラスに丁寧に注いだ。

「先生、今はどんな作品を書かれているんですか？」

後藤田はお気に入りのホステスに聞かれ上機嫌だ。

「詳しくは言えないな。ヒントは地震だよ。とある場所で大地震が起きる」

「地震ですか？　恋愛小説なのに」

後藤田は酒を飲みながらうなずいた。

「そうだ」

「もう少し教えてくださいよ」

「地震から想像してみたまえ」

後藤田は偉そうに言った。

「地震で男女が引き裂かれてしまうんですか？」

ホステスの予想に後藤田は鼻で笑った。

「そんなつまらん作品を僕が書くわけがないだろう？」

「じゃあ、どんな作品なんですか？」

後藤田はタバコを灰皿に押しつけながら、

「まあいいじゃないか。いずれにせよ売れる作品だ」

と言って愉快そうに笑った。

「そう言えば……」

悟についていた着物を着たホステスが何かを思い出したようだった。

「今日のお昼頃、福島県で大きな地震がありましたね。震度六強でしたっけ？　あちらの人は大丈夫なのかしら」

「そう言えばそうだったな」

悟は会社で見たニュースの映像を思い出した。今もテレビをつければどのチャンネルでも、福島県で起きた大地震の情報を流しているだろう。住宅は倒壊し、車は横転し、道路はひび割れ、海では津波が発生しているようだった。現在も余震が続いているらしい。

「あの様子じゃ相当な数の人間が死んだだろうな」

悟は他人事のように言った。事実そうだった。福島県には何の縁もない。正直関係のない話だった。

「気の毒ですわ。本当に地震って怖い。東京もいつ襲われることか。いつ地震が来てもいいように、備えておかなければいけないわねえ」

不安がるホステスに悟は空になったグラスを渡した。

「地震のことはもういいじゃないか。それより頼む――」

「あら、失礼いたしました」

ホステスは笑顔でグラスを受け取る。悟は新しいタバコに火をつけてもらい天井に煙を吐いた。白い煙は間接照明の明かりと交わってすぐに消えた。

店を出たのは十二時半だった。悟はタクシーを呼ぶと、千鳥足の後藤田を後部座席に押し込み、運転手に彼の泊まるホテルを告げた。

「では先生」

外から声をかけると、後藤田はうつむいたままダラリと手を上げた。

「原稿のほうお願いしますよ」

紀子が再度念を押すと、やはり後藤田は手を上げるだけだった。

「じゃあ行ってくれ」

悟が運転手に告げると、タクシーは走り去っていった。一緒に見送りに来たママやホステスたちはしばらく頭を下げていた。

「じゃあ、行こうか」

そう言うとママが丁寧に挨拶してきた。

「いつもいつもありがとうございます。またいらしてくださいね」

「ここは彼のお気に入りだからね。次は原稿がアップした頃かな」

「お待ちしています」

悟と紀子はママに挨拶し、無言のまま歩いていく。角を曲がった瞬間、悟は紀子の肩に腕を回し、人目も気にせず首筋に吸いついた。香水の甘い匂いが鼻をくすぐった。

「ちょっと、こんな所でダメよ」

紀子は顔を赤らめて悟を離そうとする。しかし女の力ではどうにもならなかった。

「少し飲み過ぎたんじゃないの」

その指摘に、悟は首を横に振った。実のところ、悟はまったく飲んでいない。作家を相手にするときは、仕事と割り切りいつも飲むふりをしている。しかし魅力的な紀子と二人になって緊張から解放されたようだ。

「誰に見られてるか分かりませんよ」

紀子はそう言ったが、もう抵抗はしなかった。

「誰のこと言ってるんだ」

悟は犬のように鼻をひくつかせて聞いた。

「社内の人間ですよ。私たち、部内で噂されているんですよ」

第一編集部の連中の顔が浮かんだ。悟はフンと鼻を鳴らした。

「言わせておけ。バカな連中だ」

若くて色気のある紀子とうまくやっている自分に嫉妬《しっと》しているだけだ。

「それと……」

紀子は耳元で囁いた。

「奥さん」

その言葉が出ると一気に熱が冷めた。紀子は悟の反応を楽しむように笑っている。

「まだ帰ってこないんですか？　奥さん」

紀子は帰っていないのを知っていて聞いている。悟をからかって楽しんでいるのだ。

悟は紀子に背を向けて歩き出した。

「奴の話はするな」

「じゃあ、おうちに行っちゃおうかな」

紀子は後ろから色っぽい声で言った。少し照れも混じっていた。

「今日は遅い」

悟は突き放すように言った。

「でも、洗い物とか洗濯物とか溜まってるんじゃない？」

悟は言い返さなかった。いや返せなかった。紀子の言うとおりだからである。妻のいないマンションは散らかり放題、自分の部屋に至ってはちょっとしたゴミ屋敷のようだ。彼は家のことが何もできない。仕事しか知らない人間だった。

「ねえ、行ってあげる」

紀子が腕を組んできた。襟元《えりもと》からのぞく豊かな胸が、悟の身体をカッと熱くさせる。

「今日はいい」

しかし悟は感情と反対のことを言った。自分に惚れている紀子に対する意地悪であり、また強がりであった。感情に負けてすぐに了解して格好の悪い自分を見せたくはなかった。

「ねえ、いいでしょう？」

「ダメだダメだ」

そう冷たく言ってタクシーを止めた。ドアが開くと一人で乗った。

「本当にダメなの？」

紀子は寂しそうな顔を見せた。その表情が悟をたまらなくいい気分にする。

「勝手にしろ」

悟はあくまでも見下した言い方をした。紀子は嬉しそうな声を上げて隣に座ってきた。

「目黒駅まで行ってくれ」

そう告げると、運転手はバックミラーで後部座席をチラチラと見ながら車を発進させた。

2

川田紀子と関係が始まってもう半年になる。彼女が悟の補佐役になり、常に一緒に行動するようになってから二人の仲は急接近した。アプローチしてきたのは紀子のほうだ。ある作家を接待したあと、二人でバーに飲みに行った。お互い酔っており、紀子が急に告白してきたのだ。

『森さんのこと、ずっと素敵だと思ってました』

紀子は悟の太股に手を置いて言った。もちろん悟に妻子がいると知っているのに、だ。このとき悟は『淫乱《いんらん》な女だ』と軽蔑した。しかし一方では、遊んでみるのもいいかなと思う自分がいた。目鼻立ちの整った日本人離れした顔と、色気のあるスタイルとが悟を刺激した。それに二十三歳という若さにも興味をそそられた。

瞬間、彼の頭の中である計算が行われた。

見るからに彼女は、家庭にまで踏み込んでくるタイプではない。割り切った付き合いで満足する女だ。仮に一線を越えてくるようであれば酔っていたことだと言えばいい。もっとも、家庭を壊されるのは恐れてはいないが。

一番の懸念は、社内でばらされるのではないかということだった。不倫なんかが原因で今の地位を失うのはごめんだった。最悪の場合は、会社をクビになる可能性だってある。なら手を出さなければいいではないかともう一人の自分が止めたが、そういうわけにはいかなかった。スリルと欲望には勝てなかった。

悟は警戒しながら紀子に近づいた。彼女はそれに気づき、バーを出る際悟に言った。

『私、絶対に誰にも言いませんから』

それでも悟は信用しなかった。酒の勢いに任せることはせず、常に計算しながら行動した。

だが少々心配し過ぎだったようだ。最初の読みどおり、紀子は割り切った関係で満足する女だった。どうやら過去に二度ほど不倫経験があるらしく、そちらのほうが縛られることがないので楽なのだという。二度目のとき、妻と別れるから結婚してほしいと男に頼まれ、それが嫌で別れたらしい。このエピソードが悟を安心させた。紀子は勘違いするような女ではない。だから妻がいなくなってからは、二週間に一度のペースで紀子をマンションに呼び、掃除や洗濯をさせ、料理を作らせている。

妻が四歳になったばかりの裕太《ゆうた》を連れて出ていってから、もう二ヶ月が経とうとしている。だが苦労はなく苦痛でもない。束縛されることなく、紀子がお手伝いさんの代わりをしてくれている。悟にとってこれほど都合のいい女はいなかった。

しばらく車窓から夜の景色を楽しんでいた紀子がこちらを向いて言った。

「後藤田先生、本当に大丈夫かしら」

彼女はまだ原稿の心配をしている。売れ始めてから期限を守らなくなったからなおさらである。

「心配するな。俺がしっかりやらせる」

「自信たっぷりね」

「当たり前だ。何年の付き合いだと思ってんだ。俺が彼を育てたようなもんだからな。俺には逆らえないよ」

「それより」

紀子の声の調子が変わった。

「あんなに経費使っちゃって大丈夫？」

夕食代、そして『麻奈美』の料金を足して七十万近く経費を切った。が、悟はまったく動揺しなかった。

「心配ない。文句なんか言わせるか。一応、三枚に分けて切ったけどな」

紀子は腕組みをして腹を立てたように言った。

「それにしても後藤田先生、最近やりたい放題じゃない？　すっかり偉くなっちゃったって感じ」

　悟は薄く笑った。

「無理もない。売れれば誰でも天狗になるさ。売れてるうちは何をやってもいいんだよ」

「別に甘やかしてるつもりはないが」

「あなたがそうやって甘やかすからいけないのよ」

「あなただってそうよ。最近部内で評判悪いわよ？　後藤田が売れたからって調子に乗ってるって」

　その事実を知っても悟は相手にしなかった。

「バカには言わせておけ。自分が出世できないからひがんでるんだろ。実力のない奴ほど吠えるんだ」

「大した自信ね」

　紀子は呆れたように言った。

「事実なんだから仕方がない」

　悟は言ったあと、運転手に細かい説明を始めた。彼のマンションがある住宅街に近づいてきたのだ。

　二人はマンションの少し手前で降りると大きく距離を取って歩いた。誰に見られているか分からないからだ。

オートロックを開けると悟は一人で建物内に入った。紀子は外で待たせていた。エレベーターに乗り三階で降りた悟は、誰も見ていないかを確認し紀子に連絡した。間もなく彼女がエレベーターに乗ってやってきた。

靴を脱いだ悟はまず自分の部屋に向かった。パソコンの置かれた机とベッド以外、衣服などが散らばっておりスペースがない。かまわずその上に着ていた服を脱ぎ捨て、何日も洗っていないしわくちゃになった部屋着に着替えた。

紀子は悟の部屋に入るなり鼻をつまんだ。

「何か臭い。全然換気してないでしょ。服も脱いだままだし」

「片付けといてくれ」

悟はそれだけ言って部屋を出た。これでも妻に対する接し方よりはましなのである。

悟は冷蔵庫から缶ビールを取ってリビングのソファにかけた。テレビをつけると、福島県で起きた大地震の報道がされていた。被災地の映像や余震の情報、そして現在の死者、負傷者数の報告が繰り返されていた。悟は興味が湧かず他のチャンネルに変えたが、どの局も地震のニュースを流している。仕方なく適当なチャンネルに設定し、テーブルにリモコンを置いた。そのテーブルにもビールの空き缶が散らばっており、灰皿は吸い殻で山のようになっていた。これもあとで紀子に片付けさせるつもりだ。

紀子は脱ぎ散らかされた衣服を両手で抱え洗面所に入った。深夜ではあったが、その散らかりように我慢がならなかったのかまずは洗濯から始めるらしい。悟は手伝うつもりなど毛頭なく、一人勝手に缶ビールを飲んでいる。

衣服と下着を洗濯機に放り込んだ紀子は忙《せわ》しなく動いている。洗濯機を回している間、悟の部屋を掃除し、次はリビングに取りかかった。掃除機がうるさくてテレビの音がかき消されたがさすがに文句は言えなかった。もっとも、画面には集中していない。風呂にでも入ろうかと思って立ち上がったとき、紀子が小言を言った。

「まったく、よくここまで汚くできるわね」

「仕方ないだろ。妻がいないんだから」

「早く帰ってきてほしいものだわ。私が掃除するはめになるんだから」

と紀子は余裕だった。

「一体、いつまで実家にいるつもりなのかしらね。帰ってくるつもりないんじゃないの？」

紀子は妻の亜紀《あき》を責めるような調子で言った。

悟は風呂場に向かいながら返事をする。

「別にそれならそれでいい」

強がって言ったのではない。実際そう思っている。あんな自分勝手で勝ち気な女、連れ戻す気などない。

亜紀が家を出る引き金となったのは、二ヶ月前、裕太が突然高熱を出したことだった。悟は亜紀から連絡を受けたのだが、ちょうどその日はとある作品の校正作業と担当している文芸誌の下版で忙しかった。亜紀は、これから裕太を病院に連れていく、だからあなたも急いで来て、と涙声で言った。しかし悟は悩むことなくそれを断った。今日は忙しい、お前一人で大丈夫だろうと言って電話を切った。結局家に着いたのは翌日の朝の八時だった。夜から後藤田と飲む約束をしており、長い時間付き合わされて気づいたら朝になっていたのだ。

部屋に亜紀と裕太の姿はなかった。テーブルには裕太が入院している病院の名前と場所が書かれたメモがあった。

悟が病室に着くなり亜紀はものすごい剣幕で詰め寄った。

『あなたは仕事と裕太、どっちが大事なの⁉　危険な状態だったっていうのによく仕事なんかしてられるわね』

悟はあくまで冷静に、子供のことでいちいち仕事を中断するわけにはいかないと答えた。そして、これから仕事があるからと言って、眠っている裕太に優しい言葉一つかけることなく病院をあとにした。

裕太が退院してすぐに、亜紀は実家に帰る準備を始めた。リビングにいた悟は一切止めなかった。

『あなたは本当に裕太を愛してる？　仕事ばかりで一度も裕太をかまってくれたことはない。名前すらほとんど呼んでくれたことがないのよ！　私にだってそう。私はあなたのお手伝いさんじゃない。もう我慢できないわ。家庭よりも仕事が大事という人とは一緒にいられません』

亜紀は溜まっていた怒りをぶつけて家を出ていった。悟は追うこともなく、電話もメールもしなかった。悟のほうも、妻の毎日の言動に我慢の限界を感じていたのだ。

亜紀はとにかく夫の仕事に理解を示さない女だった。

休日出勤になれば嫌みが始まり、連日帰りが遅くなるだけで癇癪《かんしゃく》を起こし、仕事と家庭とどっちが大事かと迫ってくる。

何も知らないくせに、接待はただの遊びと決めつけ、裕太よりも仕事を選ぶあなたは人間失格、とまで言われたことがあった。

最悪なのは、年月が経つにつれヒステリーを起こしやすくなったことだ。口論では収まらなくなり、コピーした原稿用紙を破いたり、大事なデータが入っているＤＶＤを床に叩きつけたり、物を投げつけてきたりした。妻は自分の思いどおりにならなければ許せない性格だった。

そんな妻が出ていって最初に思ったのは、どうしてあんな女と結婚したのか、ということだった。

亜紀とは友人の紹介で知り合い、世間で言う『デキ婚』だった。最初に惚れたのは亜紀のほうだ。彼女の押しに負けて、仕方なく付き合ったのだが、これが失敗だった。やはりもっと慎重に選ぶべきだったのだ。付き合って一年が経った頃、亜紀が裕太を身ごもった。それを知った悟は、堕胎《おろ》したほうがいいのではないかと提案した。当時、悟は三十歳、亜紀は二十五歳だった。彼は、お互いまだ若いので子供は重荷になるのではないか、と口では言った。が、本音はそうではなかった。家庭は仕事の邪魔になる、子供がいたらなおさらだと思っていたのだ。

しかし亜紀は絶対に産むと言って聞かなかった。子供を堕胎すなら死んだほうがマシだと泣き叫んだ。その後もいくら説得しても無駄だった。

あのとき、やはり堕胎して別れればよかったと悟は後悔している。裕太のことで二人のケンカは絶えず、そのたびに夫婦仲は悪くなっていった。

悟は、亜紀がいずれ出ていくのを知っていた。だからといって子供に目を向けよう、妻との仲を修復しようとは思わなかった。

自分には何も落ち度はない。毎日クタクタになるまで働いて、家にはしっかりと金を入れている。休日くらい裕太と遊んでほしいと言うが、こっちは仕事で疲れている。子供の面倒を見るのは昔から女と決まっている。自分は亭主の仕事をこなしているのだ。文句を言われる筋合いはない。

亜紀が出ていってから連絡は一度もない。そろそろ離婚届が送られてくるのではないかと悟は他人事のように考えていた。もし送られてきたら、判を押して送り返すまでだ。

風呂から出ると紀子はありあわせの材料で簡単な料理をしていた。掃除のほうは一段落ついたようだ。洗濯機はまだ回っていた。

「君も早くシャワー浴びたらどうだ」

悟はタバコに火をつけてソファに腰かけた。

「お腹空かない？　私、小腹が空いちゃって」

焦《じ》らされているようでイライラした。シャワーを浴びている最中、妻の顔がしつこくちらついていたので悟の機嫌は悪かったのだ。

「いいから早く浴びてこいよ」

紀子は料理の手を止めて頰を膨らませた。

「何よもう、勝手な人」

紀子は口を尖らせたまま風呂場に向かった。

ちょうどそのときだった。電話が鳴った。時計を見ると二時を過ぎている。こんな時間に誰だと悟は腹を立てた。

さすがに紀子に取らせるわけにはいかず、悟が受話器を取った。

「もしもし、森ですが」

最初から乱暴な口調だった。

「悟さん？」

声だけでは誰か分からなかった。

「どなたですか？」

「私です。亜矢《あや》です」

亜矢とは亜紀の三歳下の妹だ。彼女が自宅に電話してくるなんて珍しい。一体こんな時間にどうしたというのか。亜矢の声は暗く、かすかに震えていた。

「どうしたんだ？　こんな夜遅くに」

「悟さん、落ち着いて聞いてください」

亜矢の声が涙声になった。彼女の深刻な様子に、悟は悪い予感を覚えた。

「お姉ちゃんが、脱線事故に巻き込まれて……」

亜矢が大きく息を吸い込んだのが分かった。

「亡くなったそうです」

「何？」

それはあまりに突然の報せだった。悟は冗談でも言っているのではないかと思った。

「今日の昼に福島で大地震があったでしょ？　そのときにお姉ちゃん、電車に乗っていたらしくて、事故処理や身元確認で時間がかかっていたみたいで、さっき病院から連絡が来て……私たち今、車で福島に向かっています」

悟は状況が理解できず混乱した。

「ちょっと待ってくれ。亜紀が福島にいたのか？」

「そうです」

「なぜ？」

このとき、悟はテレビ画面に吸い寄せられた。避難所にいる被災者のインタビューから映像が切り替わり、脱線事故の模様が映し出されたのだ。ヘリからの撮影なので中の様子までは確認できないが、猪山《いのやま》鉄道福島行きの列車の前三両が脱線し派手に横転していた。周辺には車両の部品が散らばっており、現在も救出活動が進められている様子だった。この三両のどれかに亜紀がいたというのか。

「悟さん？　聞いてますか？」

悟は電話に集中した。

「あ、ああ」

「とにかく悟さんも来てください。今から病院名と住所を言います」

悟は混乱したままだったが、無意識のうちに右手にはペンが握られており、メモしていた。

「分かった。すぐに出る」

「幸い、裕太くんは無事だそうです」

悟は電話を切って準備にとりかかった。

「悟さん？　どうしたの？」

洗面所から顔を覗かせた紀子に悟は言った。

「妻が福島で脱線事故に巻き込まれて……」

「まさか」

紀子が息を呑む。悟は小さくうなずいた。

「死んだらしい」

紀子は言葉を失ったようだった。口に手を当てて固まっている。

悟は紀子にタクシー代二万円を握らせた。

「悪いが今日は帰ってくれ。今から福島に行く」

まだ突っ立ったままの紀子に悟は叫んだ。

「聞こえないのか」

我に返った紀子は焦点の定まらない目をしたまま言った。

「でもどうして奥さん、福島に」

「分からん。裕太も一緒だったというから、旅行だろ」

家を出る際、亜紀の顔が脳裏に浮かんだ。

シャワーを浴びているとき、妻の顔が妙にちらついたのは虫の知らせだったのかもしれない。

3

大地震によって被害を受けた町や村はニュースで見るよりもひどい有様だった。ほとんどの民家は倒壊し、道路は陥没し、あちこちで崖崩れが起きていた。所々で救援活動が行われているようだが、人も物資も圧倒的に足りないようで、被災者たちの叫びが今にも聞こえてきそうであった。

悟が福島市内にある県立福島総合病院に着いたのは朝の六時過ぎだった。幸い、この地域は道路状況もよく、交通規制はあったものの、何とかここまで辿り着くことができた。

駐車場に車を入れた悟は、出入り口付近に立っている亜矢のもとに歩み寄った。

「亜矢ちゃん」

声をかけると亜矢はハッと顔を上げた。昨夜は眠っていないのであろう。目元は黒ずみ、泣き続けていたせいかまぶたのあたりは腫れていた。憔悴《しょうすい》しきった亜矢の顔はまるで別人のようだった。会うたびに亜紀とそっくりだと思うのだが、今日は感じなかった。

「こちらです」

と力なく言って中に進んでいった。悟はその後ろに続いた。これから妻の死んだ姿を見ると思うと緊張した。しかし一方では、確認していないせいかまだ実感が湧かなかった。

院内は地震の被災者とその関係者とで混み合っていた。

亜矢はもう何回か行き来したのであろう、慣れた足取りで地下に進んでいく。一階とは違い、地下は妙な静けさが漂っていた。硬質な足音が響く。

霊安室の外には亜紀の両親、そして腕と足に包帯を巻かれた裕太の姿があった。祖母と手をつないでいる息子は父親が来てもずっと深く下を向いたままだった。頬のあたりには大きな絆創膏《ばんそうこう》が貼られていた。悟は裕太に駆け寄ることはせず、まず両親に挨拶した。父親である中森幸夫《なかもりゆきお》は頭を下げたが、母親の多恵《たえ》のほうは狐のようにつり上がった目で悟をキッと睨みつけた。その目には憎しみがにじみ出ていた。多恵は、悟が妻と子供を捨てたと思い込んでいるようだ。

「私は呼ぶ必要はないと言ったんですけどね」

多恵は目を真っ赤にして悟に怒りをぶつけた。

「あなたが亜紀を追い出さなければ、こんなことにはならなかったんですよ」

まるで悟のせいで亜紀が死んだような言い草だった。悟は怒りをぐっと抑えた。

「母さんやめなさい。こんな所で」

「いいえ、亜紀のために言わせてもらいます。私は最初からこんな人と結婚させるのは反対だったんですよ」

「いい加減にしないか！」

幸夫に叱られた多恵はおもしろくなさそうに顔を背《そむ》けた。悟は腸《はらわた》が煮えくり返る思いだった。どうしてここまで言われなければならないのか。結婚を申し出たのは亜紀だし、出ていくと決意したのも彼女だ。俺は何も悪くない。文句を言われる筋合いはない。妻はこの母親に似たんだなと改めて思った。被害妄想が激しく邪推《じゃすい》ばかりする。自分の思いどおりにならなければすぐにヒステリーを起こす。この女と接するたびに怒りが沸き立つ。悟は昔から義母が嫌いだった。常に冷静で理解のある幸夫とは大違いだ。一見厳格そうに見える義父だが、まず人の気持ちになって考えることができる。大手企業の管理職だったただけのことはある。

「すまないね悟くん。さあ、亜紀の顔を見てやってくれ」

悟は幸夫に頭を下げて霊安室の中に入った。室内の中央に亜紀の遺体は安置されていた。顔は青白く、所々に小さな傷が確認できた。頭には痛々しいほどの包帯が巻かれていた。この瞬間、悟は妻の死を実感した。

目を瞑《つぶ》り手を合わせると、いがみ合っていた頃の二人しか浮かんでこなかった。妻も、ここへ来てほしくなかったのではないかと悟は思った。

悟の横に幸夫が立った。

「頭の打ちどころが悪かったらしい。運び出されたときにはもう息を引き取っていたそうだ」

悟は昨夜見た事故の映像を思い出した。大きな車体が派手にひっくり返っていた。亜紀だけではなく相当な数の人間が犠牲になったのではないか。

「あんな事故だったというのに、小さな身体の裕太が助かったのはね、亜紀が守ってくれたからだそうだよ。母親の本能かな。裕太が助かるように、ずっと覆い被さっていたそうだ」

その姿が頭に浮かんだ。悟は亜紀の顔を見ながら静かに言った。

「そうですか」

「亜紀は本当に不運だよ。ちょうど大地震が起きたときに電車に乗っていたなんてね。

もしあの電車に乗っていなければ、こんなことにはならなかった……」

幸夫は重ねて言った。

「しかし後悔したところで娘は帰ってこない。裕太が助かってくれたことに感謝しよう。そして、じっくりとこの先のことを考えなければならない」

この先、とは裕太のことだ。これから二人で生活することになるのだろうか。悟には自信がなかった。どう生活していけばいいのか、育て方だって分からない。

「それとね悟くん」

幸夫は、遺体のそばに置いてある、丁寧に折りたたまれた白い布をゆっくりと開いた。中には、液晶画面が割れた携帯電話や、傷のついたネックレスやピアスが置かれてあった。

「亜紀の遺品だ。何せあの事故だから、今は身につけていた物しか出てきていないんだが……」

幸夫は歯切れ悪く言った。

「どうしたんです？」

と聞くと、幸夫は悟に深く頭を下げた。

「申しわけない、悟くん。よりによって、指輪だけが出てきてないんだよ」

指輪とは結婚指輪のことであろう。悟は自分の左手薬指を見た。指輪ははまっていない。亜紀が出ていったその日、指輪ケースに入れて、タンスの中にしまったのだ。

悟はすっと左手を隠した。

「いえ、仕方ないと思います。頭を上げてください」

「報告があったらすぐに連絡するから」

「はい」

それからしばらく、悟は亜紀の顔を眺めていた。

「悟くん」

悟は幸夫に目を移した。

「はい」

「今日は裕太を連れて東京に帰ってくれないかな。昨日の検査で裕太の身体にはどこも異常がないということで退院許可が下りたんだ。裕太も疲れてるだろうし、忙しい君に代わって私たちはこれから病院とのやり取りや、葬儀の準備をしなければならないから裕太の面倒は見ていられない。それに……」

幸夫は気まずそうに言った。

「君と母さんは相性が悪いようだから、一緒にいないほうがいいと思うんだ。二人がケンカすると亜紀が悲しむからね。あとのことは私に任せてくれ。これからのことは、落ち着いてから話そう」

「分かりました」

霊安室を出る際、娘の遺体を見つめている幸夫に聞いた。

「そういえば、どうして亜紀は福島に？」

幸夫は考えるような仕草を見せ、

「さあ。私たちはただ、旅行してくるとしか聞いていないんだよ」

と答えた。

「そうですか……では失礼します」

霊安室を出ると多恵と目が合った。多恵はすぐに目をそらした。

「お義父さんに裕太を連れて帰ってくれと言われましたので、そうします」

悟は事務的に言って、多恵の手と裕太の手を引き離した。多恵は一瞬寂しそうな顔を見せたが、すぐに悟に鋭い目を向けた。

「別にあなたが連れて帰ることはないのよ。裕太だってあなたと一緒にいたくはないでしょ！」

「母さん！」

霊安室から幸夫が出てきた。

「いつまでやってるんだ。裕太のことは、今は悟くんに任せればいいんだよ」

多恵は反論したい様子だったが、霊安室に病院関係者がやってきたので口を閉じた。

悟も文句を言ってやりたい気分だったが、幸夫がいるし他人の目があるので堪《こら》えた。

「悪かったね悟くん。裕太のこと、よろしく頼むよ」

「はい」

悟は裕太に目を向けた。

「さあ、行こう」

裕太は怖々と顔を上げ、再びうつむいてしまった。

「では失礼します」

悟は幸夫にだけ頭を下げ病院をあとにした。

裕太は一応後ろについてきた。父親と認識しているのか、それともついていかなければ叱られると怯《おび》えているのか、裕太には表情がないので悟には分からなかった。

裕太を車に乗せた悟は、自宅までナビをセットし病院を去った。とんぼ返りで疲労困憊《こんぱい》だが休憩する場所がなかった。仮にあったとしても裕太の面倒の見方が分からない。運転しているほうがよさそうだった。

病院から離れると、再び妻の死が現実ではないような気がして実感が薄れた。

裕太に悲しむ様子はなかった。母親が死んだことをまだ認識していないのかもしれない。ただ外の風景をボーッと眺めている。事故の恐怖も感じていないようだった。

あんな事故に巻き込まれたにもかかわらず、ほとんど怪我がないのは奇跡だと思った。

信号で停止したとき、悟は無意識のうちに裕太をまじまじと見ていた。少し見ないうちに裕太は男の子っぽい顔つきに変わっていた。背も少し伸びた。髪は相変わらずおかっぱだった。自分の遺伝子を持った人間が隣にいると思うと、悟は不思議な気分になった。

悟の視線に気づいたのか、裕太がふとこちらを見た。悟は逃げるように目をそらした。どう接したらよいのか分からず、緊張からか汗が出た。普通にしていればいいと自分に言い聞かせるのだが、息子を妙に意識してしまう。だからといって話すこともない。悟は息が詰まりそうだった。寝てくれればどれだけ楽かと思った。

願いが通じたのか、裕太は一時間もしないうちに眠りに落ちた。よほど疲れていたのか、地震の影響でずいぶん時間がかかったが、埼玉を過ぎるまで目を開けることはなかった。悟はほとんど休憩することなく運転し続けたのでまぶたが重かったが、もう少しの辛抱だと自分に言い聞かせていた。マンションに着けばこの息苦しさから解放される。裕太は寝かせておけばいいのだ。

しかし、いざマンションに着くとそういうわけにもいかなかった。悟は眠気よりも無性に腹が減り、さすがに自分だけ夕食を食べるわけにもいかず、裕太とコンビニ弁当を食べた。二人で夕食を摂るのは初めてのことだった。しかしその間も二人には会話はなく、苦痛の時間が続いた。裕太は美味しいのか不味いのかも表情には出さなかった。箸の使い方がうまくいかず、悟はフォークとスプーンを握らせた。これで食べやすくなったようだが、テーブルや床にご飯粒やおかずがボロボロと落ちた。それを見ても悟は叱らなかった。ただイライラしているだけだった。食後は後片づけもしなかった。

このあと、風呂に入れるべきかどうか迷ったがそれはしなかった。またストレスが溜まるような気がしたからだ。二ヶ月ぶりに裕太の部屋に入り、タンスから適当にパジャマを出し、自分で着替えさせて部屋に行かせた。いや、閉じこめたと言ったほうが正しかった。しかし裕太は反応は一切見せなかった。まるで人形のように表情を変えることなく、悟の指示に従った。抵抗されるよりはましだった。

扉を閉めた悟は太い溜息を吐《つ》いた。一段落着いたと思ってホッとしたとき、ちょうど電話が鳴った。かけてきたのは幸夫だった。

「もう着いたんだね。今日はご苦労だったね」

「いえ」

「裕太は元気にしているかい？」

悟は裕太の部屋の扉を見ながら答えた。

「夕食を食べさせたら眠くなったようなので、もう寝かせました」

「そうか。よほど疲れていたんだね。悟くんも疲れたんじゃないかな」

「僕は別に」

「悟くん」

幸夫の声の調子が急に真剣なものに変わった。

「はい」

「多恵の前では言えなかったが、亜紀のことは本当に申しわけない。亜紀とはいろいろあって、その直後に今回のことがあったから、君にはたくさん苦労をかけるね」

「僕は、大丈夫です」

とは言ったが、妻が死ななければ俺はこんな苦労をせずに済んだのにと本心では思っている。

「心配なのは裕太だ。事故の恐怖と母親を亡くしたショックは相当大きいと医者は言っていた。これからのケアが大切だね」

そうだろうか。悟にはそうは見えなかった。平然としているようだったが。

「はい」

「とにかくさっきも言ったように、落ち着いたらじっくり話し合おう。葬儀の段取りが決まったら連絡するから」

「お世話をかけます」

悟は電話を切ったあと、疲れを取ろうと風呂に入り、出たあとにビールを飲むこともなくすぐにベッドに倒れ込んだ。しかしなかなか眠りにつくことができなかった。暗闇を見つめていると、天井に妻の死に顔が浮かんだ。まさか亜紀とこんな別れ方をするとは考えてもいなかった。離婚が二人の結末だと決めつけていた。

正直、悟には感情の変化があまりなかった。妻が死んだというのに冷静さを保っている。五年間連れ添ったとはいえ、恋人のような関係だったのは最初の一年だけである。夫婦になってからは冷え切った関係だった。夫婦円満を装うこともなかった。感情が動かないのも無理はなかった。

それよりも一番の問題は裕太である。数日程度暮らすのなら何とかなるが、これからずっと生活するとなると自信がない。精神的に問題を抱えているとなればなおさらだ。感情を表に出さないのはそこから来ているのかもしれない。今後、一切の反応がなければそれはそれでストレスが溜まりそうである。仕事にだって影響するだろう。それが一番困る。

いくら考えても二人で生活するイメージが湧かない。家事のできない自分に小さな子供を育てられるわけがないのだ。

悟の苛立ちは、最後はやはり妻に向けられた。不慮《ふりよ》の事故とはいえ、亜紀は自分勝手だと思った。

猪山鉄道で起きた脱線横転事故の被害者数が各メディアから発表された。死亡したのは二十七人。そのうち子供が三人含まれていた。負傷者は九十三人にものぼった。悟は、その数字を、報道される前日に幸夫からの電話で知った。警察や鉄道会社から夫である悟に一切連絡がないのは、亜紀の両親がやり取りを行っているからである。幸夫は別として、多恵は悟を身内だとは認めていない。悟に対する言動がその証拠だ。あの男には連絡する必要はないと言っているに違いない。もっと言えば、あの男が死ねばよかった、くらいに思っているかもしれない。あれはそういう女である。

4

地震による事故から三日が過ぎた十一月一日、東京都新宿区の葬儀場で亜紀の告別式が営まれた。この日、被災者の合同葬儀も行われたようだが、母・多恵の希望で別に行うことになった。昨日の通夜では亜紀の友人や昔の仕事の同僚が多く参列し、数多くの人間が亜紀の遺体の前で涙をこぼしていた。幸夫の隣にいた裕太は呆然としていた。ようやく母親の死を認識したようだった。

告別式には昨日同様、数多くのマスコミが訪れた。地震事故で命を落とした亜紀には話題性があると判断したらしい。亜紀や遺族たちに同情の言葉をかけるが、悟からすれば奴らはただの野次馬と一緒である。当然、夫である悟にもマイクは向けられたが無視した。終始迷惑そうな顔をしてマスコミを追い払った。悟のそれは、事故で妻を亡くした夫の反応ではなかった。マスコミが唖然としていたのはそのせいだろう。

妻が死んだにもかかわらず、悟は葬儀中、ほとんどやることがなかった。準備や進行など、全てを亜紀の両親が行っている。悟はまるで部外者のようだった。これも多恵の思惑であろう。多恵は位牌《いはい》をも自分たちで引き取ると言っていた。もっとも、悟自身憤りは感じていない。向こうの好きなようにやればいいと、他人事のようであった。夫である悟を差し置いて喪主を務める幸夫の挨拶が終わると、亜紀の遺体は葬儀場に隣接された火葬場へと運ばれた。そこで多恵や亜矢たちは別れの言葉をかけていた。火葬炉の扉が閉まると多恵は泣き叫んだ。

亜紀の遺体が焼かれている間、悟は煙を吐き出す煙突を眺めていた。

人間なんて呆気《あつけ》ないなと思った。死んだら煙と灰になって終わりである。そして人々の記憶から薄れていく。

亜紀が妻だという実感がない悟は、そんなことを普通に考えていた。今でも脳裏には言い争っていた二人が映るばかりである。もちろん、短い間であるが恋人らしい時期もあった。しかし今の彼女に対する感情が、その頃の記憶を思い出させることを許さないようだった。

秋風を浴びながら一人ポツンと立っていると、悟の父親の稔《みのる》が横にやってきた。悟は一瞥《いちべつ》するだけで、口を開くことはなかった。この父親とは何を話したらよいのか分からない。父と二人きりになるのは妙に気まずかった。母親がいれば少しは空気が違うのだろうが、父と母は悟が幼い頃に離婚している。原因は、父が事業で失敗したときにできた借金だと聞いている。

そのため、森家の生活は苦しかった。給料のほとんどを借金の返済に充てていたため、満足に食わせてはもらえず、悟は学校の給食で腹を満たしていた。

父は、毎日夜遅くまで工場で働き、月末は資金繰りに必死だった。そんな父親を見て育った彼は、絶対に親父のようにはならないと心に誓った。高校を卒業したと同時に家を出て、自分一人の力で大学に通い、必死に勉強し、そして今の大手出版社に入社したのだ。

「信じられんな。亜紀さんが死んでしまったなんて」

白い眉の小柄な父は、煙突を眺めながらしわがれた声で言った。悟は何も言わなかった。

「あの電車に乗っていなければ、こんなことにはならなかったのに。可哀想に……」

亜紀には不運が重なった。大地震が起ころうとしている福島へ行き、地震が起きたとき、電車に乗っていた。しかも脱線した車両にだ。まるで自分の死を予期していたような行動だ。

「しかし、どうして亜紀さんは福島に行ったんだ?」

「旅行だろ」

悟は抑揚《よくよう》のない声で答えた。父はやるせないというふうに深い溜息を吐いた。

「裕太くんも可哀想だ。あの子にはお前のように辛い思いはさせたくなかったんだがな」

父は、母と離婚したことを今でも後悔し、悟に罪悪感を抱いているようだった。母親がいないせいで悟がいじめられていたことを知っており、そのことで引け目を感じているのだ。

「母親のいない寂しさはお前が一番よく知っているだろう」

悟はうんざりしたような表情で言った。

「別に」

「裕太くんは亜紀さんが死んで相当ショックを受けているはずだから、お前がしっかり頑張っていかないとな」

父は悟を元気づけるように言った。しかしまったく説得力のない言葉だった。子供のことなど一切考えず母と離婚したではないか。

不器用な父が懸命に考えた言葉なのだろうが、腹が立つだけだった。が、悟はその思いを口には出さなかった。

二人の会話は、場内からこちらへやってきた人物の声で中断された。

「森くん」

やってきたのは第一編集部編集長の竹内猛《たけうちたけし》だった。だらしなく垂れた腹と髪の薄い頭が特徴の竹内は、今年で三十九歳になり悟よりも年上だが、悟の出世に脅威を感じている一人である。しかし悟のほうは相手にしていない。ただ年齢が上なだけで仕事は自分のほうが何倍もできると確信している。

普段、悟と竹内はそりが合わない。悟は、竹内が自分に嫉妬しているだけだと思っている。仕事の面はもちろん、竹内は未婚で彼女すらいない。愛人までいる悟とは正反対だった。何もかもが充実している悟が気にくわなくて、何かあればすぐに文句を言ってくるのだ。

少し遅れて川田紀子がやってきた。悟と紀子は視線が合うとすぐにそらした。

悟は先ほど、彼女が裕太に話しかけているのを見ていた。しかし裕太は口を開かなかった。首を縦横に動かしているだけだった。彼女は諦めることなく何度も話しかけていたが無駄だった。彼女がどういうつもりで裕太に話しかけていたかは知らない。

「わざわざ休みの日にどうもありがとうございました」

今日は土曜日だった。竹内は太い首を振った。

「いやいや、気にしないでくれ。大変だったね」

さすがに今日の竹内は紳士的だった。内心どう思っているかは知らないが。

「お力を落とされているでしょうが、元気出してくださいね」

紀子はこちらを真っ直ぐに見て言った。彼女のことだ、皮肉が混じっていたのかもしれない。

「大丈夫。来週から仕事に出るよ」

悟のその言葉を聞いて、竹内は意外そうな声を出した。

「そんな無理しなくても。もう少し休んでいてもいいんだよ」

竹内の声は穏やかだが口元が歪んでいた。

「いいえ大丈夫ですよ」

悟は笑顔で答えた。

「まあ、無理せずにな」

竹内はわざとらしく肩に手を置いてきた。紀子は二人のやり取りをヒヤヒヤして見ていた。

そこに幸夫がやってきた。幸夫は竹内たちに挨拶し、

「悟くん、ちょっと」

と手招きした。

「何か？」

「話があるんだ」

と言ったあと、幸夫は稔に目を向けた。

「お父さんも、よろしいですか？」

稔は戸惑いながらもうなずいた。

「あ、はい」

二人は幸夫に連れられて場内にある一室に入った。

二十畳ほどある広い部屋には折り畳み式の木のテーブルとパイプイスが並べられており、その中央に多恵の姿があった。彼女と対峙《たいじ》した悟は身構えた。また言い争いになりそうな予感がする。多恵のほうはそっぽを向いていた。

「どうぞ、座ってください」

幸夫は二人に言った。悟たちは幸夫たちの真向かいに座った。

「今日はお父さん、亜紀のためにありがとうございました」

幸夫に頭を下げられ、稔は腰を浮かせて右手を横に振った。

「いえ、そんな」

「それで」

悟は二人の会話を遮断するように横から口を挟んだ。

「お話というのは？」

と早速本題に入った。幸夫は一つ咳をして声の調子を変えた。

「大事なことが二つあるんだがね」

「はい」

「まず一つ目は、亜紀の事故のことだが」

「ええ」

「被害者の会が作られることになりそうなんだ。そうなれば、猪山鉄道を訴えることになるだろう」

「訴訟ですか」

「ああ。地震で起きた事故とはいえ、どうも直後の対応に不審点が見受けられる。もし猪山鉄道側に安全面で落ち度があったとしたら、これは許せないことだ。もちろん私たちは賠償金が欲しいわけじゃない。亜紀のために真実を追及したいんだ。だから悟くんも裁判のことは頭に入れておいてくれ」

とは言っても自分に活動させるつもりはないだろう。

「分かりました」

と悟は一応返事をしておいた。

「それと二つ目は、裕太のことなんだがね」

それは予想していたことだ。

「悟くん、この数日間、裕太と暮らしてみてどうだったかな」

悟はこの数日を振り返った。彼は仕事を休んでいたのでずっと家にいたのだが、裕太と顔を合わせた時間はごくわずかだった。三回ほど一緒に食事をし、そのときに何度か声をかけたが、裕太が声を発することはなかった。ただ首を縦や横に動かすだけで、どこか怯えているようにも見えた。だからそれ以降はコンビニ弁当を部屋に持っていき、一人で食べさせていた。風呂は一度も入らせなかった。入りたくなさそうに見えたからである。

悟は裕太にどう接したらよいのか分からず、また思案することもなかった。彼はほとんどの時間を自分の部屋で過ごした。簡単な仕事をこなしたり、小説を読んだりして自分の世界に入り込んでいた。しかし会社に行かず、部屋に閉じこもり、子供と一緒に過ごす毎日は苦痛としか言えなかった。

悟は幸夫の質問に答えられずにいた。

「正直なところどうかね？　相当大変だったんじゃないかな」

悟は苦笑してうなずいた。

「はい」

「はあ……」

「どうだろうか、君は毎日仕事が忙しいだろう。食事を作ったり、家事がこなせるかね。それに裕太には幼稚園がある。弁当やらバスの送り迎えでいろいろと大変だと思うんだ。君一人じゃ両立できないんじゃないかなあ」

想像するだけでも疲れた。仕事だけでも手いっぱいなのに、家事に子育てなんてとても無理である。

しかし悟ははっきりとは答えなかった。体裁を気にしていた。すると横から多恵が口を挟んできた。

「そうですよ。この人に裕太を育てるのは無理ですよ。全然なついてないし、裕太が可哀想だわ」

悟は義母を睨みつけた。

「母さんは黙ってなさい！」

幸夫が一喝《いっかつ》すると多恵は口を尖らせて横を向いた。

「なあ悟くん」

幸夫は優しい声に戻ったが、妙に緊張し始めた。

「裕太はまだ心の病を抱えている。寂しい思いをさせるのはよくないと思うんだ。もちろん、君が大丈夫と言うのであれば何も言わないが、もし両立できないのであれば……」

幸夫の喉が唾で鳴った。一拍置いて彼は決意したように言った。

「うちで裕太を預かろうと思うんだがね」

横で聞いていた稔がハッと顔を上げた。

「いや、ちょっと待ってください」

幸夫は稔に目を向けた。稔は指先をいじりながら弱々しい声で言った。

「お父さんの言うことはもっともですが、やはり子供は親に育てられるのが一番かと」

「もちろんそうです。しかし今の裕太のことを考えると、常に誰かがそばにいてやらないといけないと思うんですよ」

「それは、そうですが……」

稔はその先の言葉を必死に考えている様子だったが、結局何も言い返せずうつむいてしまった。幸夫は悟に視線を戻した。

「それに、君はまだ若い。再婚する機会だってあると思うんだ。そのときになって、裕太が負担になるんじゃないのかな」

このとき、幸夫が裕太を先に東京へ帰らせた真の理由を知った。悟が裕太と暮らしていけるのかを判断するためだったのだ。

「もちろんすぐに結論を出す必要はない。二人の将来に関わることだから、じっくり考えて答えを出してくれ。もしこちらが裕太を預かることになっても心配はないよ。責任持って裕太を育てるから」

悟は視線を落としていたが、それは考えているふりを装うためであった。彼は幸夫の口から、裕太を預かる、という言葉を期待し、そして待っていたのだ。

5

悟は近所の大通りを歩いている。夕食を買いにコンビニを目指している。裕太は家に残してきた。一緒にいると気を遣うので、部屋で待っていろと指示して家を出てきたのである。

時計の針は夜の九時を指している。こんな時間になるまで悟は食べることを忘れていた。ミステリー小説を夢中になって読んでいたせいだ。

下り坂になると対向車のヘッドライトが眩しかった。下を向いて歩くと今度は冷たい風が顔に吹きつけた。今日の昼間は暖かかったが、夜になると東京は急に冷え込んだ。本格的な冬はすぐそこのようだった。

悟は、昨日幸夫に言われた言葉を思い出していた。

幸夫はあくまでも提案のような口振りだったが、あの二人はすでに裕太と暮らすと決めている。特に多恵のほうが裕太を引き取りたがっている。あんな男に裕太を渡してなるものかと幸夫に言っているに違いない。あの女は裕太を引き取って、一刻も早くこちらと縁を切りたがっている。

悟も同じ考えだ。妻が死んだのだから、もし裕太がいなければあの夫婦とは他人同然である。幸夫はじっくりと考えて結論を出せばいいと言っていたが、悟の中で答えは出ている。

『裕太を義父母に渡そう――』

最初からそのつもりだった。子供の育て方を知らないのだから仕方がない。それに幸夫の言うとおり、裕太がいれば今後の人生に何らかの支障が出る。子供のために仕事やプライベートを犠牲にはできない。邪魔されたくはない。

それが本音であるが、幸夫には裕太のために、と言って引き取ってもらうつもりだ。

コンビニ弁当とお茶の入った袋をぶら下げて悟はマンションに戻った。オートロックを開け、エレベーターに乗り三階で降りた悟は、扉の鍵穴にキーを差し込んだ。瞬間、違和感を感じ悟の動作が止まった。閉めていったはずの鍵が開いている。裕太が鍵を解除したのは明らかだった。

悟の手に汗がにじんだ。まさか一人で家を出たのでは……。悟は強く扉を開けた。しかし裕太の小さな靴はそのままだった。ひとまず安心した悟であったが、裕太の靴から少し離れた場所に『女物』の靴があるのに気づいた。またしても一瞬動作が止まり、思わず声を洩らしていた。紀子かと思ったが、踵《かかと》の低い茶色い地味な靴など彼女が履くはずはない。一体誰だ？　と、悟は大きな足音を立ててリビングに向かった。

すると、髪の長い見知らぬ女が裕太と一緒にソファに座っていた。

女は悟の帰りを待っていたように、

「やっと帰ってきましたね」

と言って、腰のあたりまで伸びた髪を揺らして立ち上がった。背は百五十センチほどと小柄で、身体は少し太めである。悟は女の顔をまじまじと見た。四十代前半といったところだろうか。太い眉と口元の大きなホクロが特徴で、目は一重で細い。えらが張っているので顔の形が四角だった。お世辞にも綺麗とは言いがたかった。おまけに服のセンスも悪い。流行遅れのシルエットをした地味なベージュのワンピースだった。

悟は頭の中で叫んだ。

やはりこんな女は知らない。

「何を考えているんですか、裕太くん一人置いて。一体どこへ行っていたんです」

馴れ馴れしいどころか、女はいきなり悟を詰問《きつもん》した。彼はわけが分からず、怒るのも忘れて言葉を失った。

「聞こえているんですか?」

悟はハッとなり、女に詰め寄った。

「それよりあんた一体誰だ! 何なんだ、勝手に人の家に上がり込んで」

怒鳴り声を上げると裕太が女の後ろに隠れた。悟は裕太を怒鳴りつけた。

「ダメじゃないか裕太! 知らない人を勝手に入れたら」

これまでこんなことは一度もなかった。インターホン越しに優しく声をかけられ、思わず入れてしまったのだろう。

しかし女は怯える裕太をかばった。

「裕太くんを責めないでください。怖がってるじゃないですか。裕太くんは私を知っています。だから家に上げてくれたんです」

「だからお前は誰だと言っている」

女は、深々と頭を下げた。

「それでも勝手に上がったことは謝ります。すみません」

「質問に答えろ！」

女は悟の剣幕に臆することなく、声の調子を変えずに名乗った。

「ご挨拶が遅れて申しわけありません。宮前春子《みやまえはるこ》と言います。五年前、光麗堂《こうりんどう》に勤めておりました」

光麗堂とは亜紀が勤めていた化粧品会社である。悟は息を荒らげながら、

「同僚か」

とつぶやいた。

「はい。亜紀さんとは年は離れてましたが親友でした。聞いていらっしゃいませんか？」

それを聞いた悟の怒りは少し収まった。

彼は記憶を辿った。今まで亜紀の口から宮前春子という名前が出てきたことがあっただろうか。恐らくない。ただ忘れているだけだろうか。

亜紀の葬儀に来ていたのだろうが、参列者は多かったし、全員に目を向けていたわ

けではなかったので、思い出すことはできなかった。

「聞いてないね」

と冷たく答えると宮前は、

「そうですか」

と小声で言った。そして彼女はうつむき、悲しそうな表情を見せた。

「本当に驚きました。まさか亜紀さんがあの電車に乗っていたなんて。今でも彼女が亡くなったことが信じられません。唯一の救いは、裕太くんが助かったことでしょう」

悟が口を開こうとしたとき、宮前は言った。

「でも今思えば」

悟は先が気になり宮前の目を見た。

「彼女はもしかしたら、自分の死を予期していたのかもしれません」

妙なことを言う、と悟は思った。

「予期だと？」

「ええ。一ヶ月前、亜紀さんと久しぶりに会ったとき、彼女はこう言ったんです。『もし自分に何かあったときは、夫と子供をお願いします』って。あのときは冗談で言っていると思ったんですが、それからすぐに事故が起こったものですから……」

「お願いしますだと？」

悟は首を振った。

亜紀がそんなことを言うなんてイメージが湧かない。子供は別として、夫を心配するような女房ではなかった。彼女にとって悟は、夫ではあるが夫とは思っていなかったはずだ。亜紀がどうしてそんなことを言ったのか理解に苦しむ。

「亜紀さんはあなたのことを、仕事以外は何も知らない人だと言っていました。だからもし、自分に何かあったとき、あなたが裕太くんの面倒を見られるかどうか、心配だったんじゃないでしょうか」

それを聞き悟の機嫌は余計悪くなった。

「勝手な判断はよしてくれ」

「でも……」

悟は女に口を挟ませなかった。

「でもじゃない。いいからもう出ていってくれ」

しかし宮前は引かなかった。部屋を見渡して言った。

「実際、ゴミは散らかしっぱなし、脱いだら脱ぎっぱなし。洗濯だってしていない。食事を作っている様子もない。何もできていないじゃないですか。これでは裕太くんが可哀想ですよ。どうやらお風呂にも入れてあげてないようですね。裕太くんが友達にいじめられてもいいんですか」

宮前は裕太が臭うと言っているのだった。悟は鼻で笑った。

「じゃあ何か、君は妻にそう言われたから、家のことをやりに来たって言うのか」

宮前は悟の目を真っ直ぐに見てうなずいた。

「そうです」

悟は怒りを通り越して呆れた。

「それはどうもどうもご親切に」

彼はバカにしたように言って、

「あんた、頭大丈夫か⁉」

と吐き捨てた。

「いいえ。私は冷静です」

「そうかい。ならもう一度言う。今すぐに出ていけ。余計なお世話だ。これ以上しつこいようだと警察を呼ぶぞ」

悟は玄関を指さしたが、女が帰る様子はない。

「そういうわけにはいきません。私は、彼女にあなたたちのことを頼まれたんですから」

いくら言っても聞かない女に悟はカッとなり、我を失い、乱暴な行動に出た。

女の手を掴み、玄関に引きずっていく。

「放してください！」

宮前が叫んだときだった。怯えながら二人のやり取りを見ていた裕太が、やめてというように悟の足に力強くしがみついた。息子の意外なその行動に悟の動作が止まった。

「裕太……」

そうつぶやくと、裕太は足から離れ、再び宮前のそばに戻った。

「裕太くんは私の味方のようですね。この子なりにＳＯＳを出しているんですよ。こんな環境から抜け出したいってね」

悟は二人を見て疲れたように溜息を吐いた。

「そうかい、俺が悪者かい。分かったよ、勝手にしろ。でも気が済んだら出てってくれ。いいか？　亜紀の友人というから大目に見てやってるんだ。もう二度と来るな」

「今日はもう遅いので、裕太くんをお風呂に入れてあげたらホテルに帰るつもりです」

「ホテルだと？」

「ええ。私は今、新潟に住んでいるんです。また明日の朝に来ます」

「もう来なくていい！」

「そういうわけにはいきません。亜紀さんとの約束があります。そう簡単には帰れません」

これ以上言っても無駄であり、ラチが明かないと感じた悟は、自分の部屋に入り乱暴に扉を閉めた。

何なんだあの礼儀知らずの女は。無礼にもほどがある。死んだ亜紀に文句を言ってやりたかった。

暗闇の部屋に立ちつくしていたが、悟は怒りが収まらずゴミ箱を蹴飛ばした。

女はその後、三十分もかけて裕太を風呂に入れると、

「また明日の朝来ます。戸締まりしっかりしてください」

と注意して帰っていった。

言われたとおりにするのはシャクだったので、悟はしばらく部屋から出なかった。部屋の鍵を閉めるとき、もう二度と入れるものかと胸の内で叫んだ。

6

女の突然の訪問から一夜が明けた。悟はあれからすぐにベッドに入ったが、なかなか眠ることができなかった。突然やってきた宮前春子という女が頭にちらつき、また苛立ってしまったせいもある。

眠りも浅かった。寝たり起きたりの繰り返しだったので余計に疲れが溜まった。

しかし朝になると悟は気持ちを切り替えた。この日は祝日ではあったが、仕事に出ようと思っている。突然環境が変化したので、仕事に影響するのではと一時は心配したが問題はなさそうだ。今週中にも裕太を向こうに渡すつもりだ。生活のリズムが戻れば今まで以上に仕事がうまくいく気がする。

悟は着替えをした。まだ八時前で普段よりもずいぶん早いが、長く休んで仕事が溜まってしまっている。すでに頭の中は仕事一色になっており、裕太が家にいることや、昨日の迷惑女のことなどすっかり忘れていた。

時計の針がちょうど八時を指したとき、チャイムが鳴った。一階のエントランスか

らではなく、この部屋の前からだった。忙しいときに誰だ、と悟は舌打ちして、

「はい」

と尖った声でインターホンに出た。

「おはようございます。宮前です」

あの女の声が聞こえてきたので悟は面食らった。昨夜の宣言どおり、本当にやってきたのである。悟は怒鳴りつけた。

「どうやって入った」

このマンションはオートロック式なので、許可がなければここまで入ってこられない。

宮前はあっけらかんと答えた。

「ちょうど住人の方が出てこられたので」

悟は呆れたように溜息を吐いた。

「不法侵入で訴えるぞ」

しかし女はまったく意に介していないようだった。

「とりあえず開けてもらっていいですか？」

「ふざけるな。帰れ。迷惑なんだよ」

宮前は困ったような声の調子で言った。

「そういうわけにはいきません」

「帰れ！」

悟は女の言葉を遮《さえぎ》って、通話を切った。すると、しつこくチャイムが鳴らされた。ドアもノックし始めた。悟は再びインターホンに向かって怒鳴った。

「ふざけるな！　本当に警察を呼ぶぞ」

悟は女の返答を聞かずに切った。そして、昨夜買っておいたパンの袋を乱暴に開けた。興奮しているせいか口の中がパサパサでパンがうまく喉を通らない。牛乳を一気飲みした。

まだチャイムは鳴っているが無視した。いちいち相手にしていたらラチが明かない。再び仕事に出かける準備に取りかかろうとしていると、裕太の部屋の扉が開いた。裕太はなぜかイスを持って出てきた。何をするのかと見ていると、玄関にイスを置き、鍵を開けたのである。

「おい！」

止めに向かったが遅かった。扉が開くと宮前が部屋に入ってきた。

「おはようございます」

女は何事もなかったかのように涼しい顔で挨拶した。

「何入ってきてるんだ。帰れ」

宮前は裕太の頭を優しく撫でた。裕太は彼女に微笑《ほほえ》んだ。

「そういうわけにはいきません。私は亜紀さんに頼まれて来ているのです。それに何より、裕太くんが私を求めているじゃありませんか。今のあなたは父親失格ですよ」

「お前に言われる筋合いはないよ。早く出ていけ」

女は何度言っても聞かなかった。それどころか、

「失礼します」

と丁寧に頭を下げて、部屋に上がり込んできた。

「おいおいおい！　入ってくるな」

悟は宮前を押し返した。

「あなたが裕太くんの面倒をちゃんと見ているのなら帰ります。ですが今の状態では放っておけません。食事すら作ってあげてないじゃありませんか。なのに仕事へ行くんですか？　無責任にもほどがあります」

「うるさい。俺は忙しいんだ。それに裕太は――」

とそこに電話が鳴った。悟は宮前を睨みつけたあと、うんざりしたように電話に出た。

「もしもし」

声が疲れていた。受話器から若い女性の声が聞こえてきた。

「おはようございます。私、ふたば幼稚園の東原《ひがしばら》と申します」

裕太が通う幼稚園からだった。東原とは裕太の担任だろうか。悟はそれすら知らなかった。

「このたびは本当に、何て言ったらよいか……」

東原は亜紀のことを言っているのだった。

「それで、何でしょうか」

悟が返すと、東原は明るい声の調子に変わった。

「今朝、お母様のご実家から連絡がありまして、今日から裕太くんが来られるということでしたので」

真っ先に多恵の顔が浮かんだ。まったく余計なことをしてくれる。悟は舌打ちした。

「聞いてませんがね。今日は祝日ですよ」

「そうですが、今日は裕太くんも楽しみにしていたお遊戯《ゆうぎ》会の日なんです……」

と東原は言った。

「迎えのバスの都合で、少し前に何度か連絡をさしあげたのですが、出られなかったようなので、心配していたんです」

そういえばずっと電話が鳴っていた気がする。

「今日は、休ませます」

その言葉に宮前は厳しい目を向けた。

「いや、でも……」

バスの都合で電話をしたということは、今日はもう迎えには来ないということだろう。今から裕太を幼稚園まで送る時間はない。

「明日から登園させますので」

悟の口調には向こうに有無を言わせない圧力があった。

「はい……分かりました」

東原は不満そうだったが、それ以上は何も言わなかった。

「失礼します」

と悟は挨拶して電話を切った。と同時に宮前が歩み寄ってきた。目には怒りがにじんでいた。

「休ませるってどういうことですか?」

「そのまんまの意味だよ。何か文句あるか」

宮前は溜息を吐き、二人の様子を黙って見ている裕太に視線を移した。

「あなたは裕太くんを何だと思っているんですか?　この子は今寂しいんですよ。友達に会いたい気持ちをどうして分かってあげられないんですか?」

悟は鼻で笑った。

「分かったような口を利くな。他人が顔を突っこんでくるなよ」

「そうです。私には関係ないかもしれません。でも、裕太くんが可哀想で見ていられないのです」

宮前は声に気持ちを込めて言った。

「あなたはこれから裕太くんと、どう生活していく気ですか？」

そう問われて悟は、いったん感情を落ち着かせてから答えた。

「いくら言っても分からないようだからこの際正直に言う。裕太は、義理の両親に預けようと思っている」

宮前は信じられないというように首を振った。

「あなたは、それでいいんですか？」

「どういう意味だ」

「子供は親に育てられたほうが幸せに決まってます」

女は親父と同じことを言った。それが気にくわなかった。

「あんたには関係ないだろ」

悟は静かに言って、鞄《かばん》を持ち玄関に向かった。

「ちょっと待ってください。裕太くんを本当に休ませるんですか？」

悟は背中を向けたまま、疲れたように肩を落とした。

「そこまで言うならあんたが連れていってやってくれ。幼稚園は住所を調べれば分かるだろ」

そう言って悟は部屋に戻り、机の中にしまってあるマスターキーを取り、それを裕太に渡した。

「幼稚園に行くのであれば、これを先生に渡しなさい。部屋まで送ってくれるから」

優しく言うと裕太は、ほんのかすかに声を出した。

「うん」

怖々ではあるがそう返事をした。亜紀の死後、初めて聞いた裕太の声だった。

悟は女に指差して命令した。

「いいか。もう二度と来るな」

しかし宮前はそれを拒否した。

「いいえ。今のあなたには裕太くんを任せられません」

「分からない奴だな。裕太は……」

悟はそこで止めた。これ以上口論しても無駄である。黙って玄関の扉を開けた。

マンションを出た悟は部屋のほうを振り返った。理解できないというように、首を横に振って駅に向かった。

7

祝日にもかかわらず、編集部のフロアーには悟同様出社している者が多く見受けられた。パーティションで区切られた自分のデスクには資料などが山積みとなっており、悟は早速仕事に取りかかった。しかし集中しきれずに手を止めた。原因はむろん、宮前春子である。あの女が頭にこびりついて離れない。

まったく亜紀は余計なことを言ってくれたものだ。思い込みの激しい女だから質《たち》が悪い。あの女は本気で裕太を救おうと思っている。そのために、父親である俺を変えようと考えている。そんな目をしていた。

「バカな」

と悟は吐き捨てるようにつぶやいた。他人が何を勘違いしているのか。しかしこれ以上考える必要はない。裕太をあちらに渡せば終わることだ。

出社していた編集部員は悟の姿を見るなり驚いたような目をし、気を遣っているのか、いつもより丁寧に挨拶してきた。陰では、死んだ妻のことで噂しているとくらい容易に想像できた。

少し遅れて編集長である竹内も出社してきた。悟は一応挨拶に向かった。

「どうもいろいろとご迷惑をおかけしました」

「君も大変だったね。まだ休んでいてもよかったんだぞ」

悟にはそれが皮肉に聞こえた。

「いえ、もう大丈夫です」

「そうか。まあ頑張ってくれ」

「はい」

振り返ると居合わせた全員がこちらを見ていた。そしてわざとらしく視線をそらす。悟は気にせずデスクに戻った。すると彼の前にコーヒーが運ばれてきた。顔を上げると川田紀子が立っていた。

「本当に大丈夫ですか？」

紀子は敬語で言った。

「ああ、ありがとう」

悟も上司として返した。

「何かあったら、すぐに言ってくださいね」

紀子はさすがに不謹慎と思ったのか、家に行きたいとは言わなかった。

悟はその後は集中して仕事ができた。電話での作家とのやり取りや、受け持っている文芸誌の校正などであっという間に時間は過ぎ、気づいたら夜の十時を過ぎていた。彼は、まだ残っている社員に声をかけ、会社を出た。

「ありがとう」

マンションに着いたのは十一時前だった。久しぶりの仕事で身体は疲労を訴えている。すぐに風呂に入って、明日の朝も早いので今日は早く寝ようと考えていた。

しかし、部屋の扉を開けた瞬間から違和感があった。案の定、女の靴があった。悟は怒りよりも、さらに疲労感が全身に重くのしかかってくる思いであった。

二人はリビングでトランプゲームをして楽しんでいた。裕太は父親の帰りを知るなり緊張した表情になった。悟は顔に怒気《どき》を表して、宮前春子の前に立ちはだかった。

「どうして君がいるんだ。もう来るなと言ったはずだが」

宮前はトランプを片づけながら言った。

「どうせこんな時間に帰ってくるんだろうと思ってましたよ。裕太くんは幼稚園から帰ってきたら一人だし、お腹だって空きます。だから来たんです」

女は本当に裕太を幼稚園に連れていったらしい。

「一応あなたの分も作っておきました。よろしかったらどうぞ。レンジでチンするだけですから」

　何だか小バカにされたようで、心はさらに荒立った。

「それが余計なお世話だと言ってるんだ」

「でも実際、あなたは帰りが遅かった。私が来なければ、裕太くんはずっと一人でお腹を空かせていたんですよ。それに対しては何とも思わないんですか」

　女は自分の行動を正当化した。悟の鼻息は荒くなっていく。

「とにかくもう帰ってくれ」

　それしか言葉が出なかった。女は言われたとおり立ち上がった。

「ええ、帰ります。明日もまた来ます」

「もう来なくていい。頼むから放っておいてくれ」

「そういうわけにはいきません。明日からあなたを教育します」

　悟は耳を疑った。

「教育？」

　思わず声が裏返った。

「ええ。家事が完璧にできるように。今日は私が全部やっておきました」

　悟は初めて部屋が綺麗になっていることに気づいた。

「余計なお世話だ。俺は仕事で忙しい。家のことをやっている暇なんかない」

「いいえダメです。裕太くんとしっかり暮らしていけるように覚えてもらいます」

悟は女の強引さとしつこさに辟易《へきえき》した。

「まだ分からないのか。裕太は亜紀の両親と暮らすんだ。それにな――」

悟は、家のことは紀子が全てやってくれる、と言ってやろうかと思ったがそれはやめた。妻は死んだばかりだ。体裁が悪い。

「何ですか?」

「何でもない。いいから帰れ」

「では失礼します」

宮前は挨拶したあと、裕太の頭を撫でた。

「じゃあね、裕太くん」

裕太はほんのり笑みを浮かべてうなずいた。

「では」

女はそう言って帰っていった。

女が帰ると部屋は静まり返った。裕太は何事もなかったように自分の部屋に入った。

悟はただ溜息を吐くばかりだった。

宮前はしつこく次の朝もやってきた。今日は昨日よりも早く、七時半だった。悟は入れるつもりはなかったが、裕太がまたしても鍵を開けて女を部屋に入れてしまった。

「おはようございます」

洗面所で髪を整えていた悟は無視した。もう勝手にしてくれという気持ちのほうが強くなっていた。

「今日は裕太くんの幼稚園のバスが来ます。時間がないので早速、朝ご飯を作りましょう。簡単なところから始めるんです。少しずつ覚えていってください」

女は台所に立って悟を待っている。

「さあ来てください。今日は見ているだけでいいです。教えますから」

熱心に説得する宮前に反し、悟は冷淡だった。

「今日は忙しい。大事な仕事がある」

それは本当だった。悟は朝から気合いが入っていた。今日は後藤田の原稿の締め切り日なのだ。これから紀子と一緒に、後藤田のいるホテルに原稿をもらいに行く。約束は十時半だ。こんな女に構っている暇はなかった。

仕方なく一人で朝食を作っている宮前に、悟は何も言わずに家を出ようとした。

「ちょっと、裕太くんを下まで送らなくていいんですか？」

悟は靴を履きながら言った。

「そんな時間はない。君がやっといてくれ」

頼むような形になってしまったが気にしてはいられなかった。今日から大きな仕事が始まる。余計なことを考えている余裕はなかった。

後藤田夏夫が新作を出せば二十万部は堅い。今回の作品は後藤田曰く、今までにない奇抜な恋愛小説だ。二十万部とは言わず、それ以上を売ってみせる。絶対成功させる。そして次の人事で必ず編集長の座に就く。新たな人生は、すでに始まっている。

後藤田が泊まっているホテルの前で悟と紀子は待ち合わせた。彼女のほうが早く着いて、遠くに悟を見つけると小さく手を上げた。

「おはようございます」

「おはよう」

二人だけで会うのは久々な気がした。紀子は妙に意識しているようで、頬が紅潮していた。

「早速、行きましょうか」

「ああ」

二人はロビーの近くにある喫茶店に入り、コーヒーを頼んだ。時計の針は十時二十分を指していた。

「いよいよですね。先生の新作」

「そうだな」

「どんな内容なんですかね」

「それは読んでからのお楽しみだな」

「絶対売れますよね」

「もちろんだ」

今日は紀子のほうからやけに話しかけてくる。妻を失ったばかりの悟に気を遣っているようだった。

後藤田との約束は十時半だったが、彼が現れたのは十一時過ぎだった。紀子は素早く立ち上がり、悟はそのあとゆっくりと席を立った。後藤田の目元にはクマがあり、頬はこけていた。疲れ切った表情の後藤田は、

「お疲れです」

と言って席についた。そして大きく足を組んだ。

「お疲れさまです」

紀子は深々と頭を下げた。二人もイスに座った。

「今の今、新作出来上がりましたよ。昨日から寝ないで書いてたから本当に疲れた」

後藤田は作品が終盤に入ると、リフレッシュを兼ねて都内の適当なホテルに缶詰となる。もちろん宿泊費を出しているのは出版社だ。しかし環境が変わり執筆が進むの

であれば安いもんだ。後藤田はその何百倍もの利益を出す。

「本当にお疲れさまでした」

紀子が労をねぎらうと、後藤田は茶色い封筒を出した。この中にフラッシュ・メモリーが入っている。紀子はそれを丁寧に受け取り、手提げ鞄の中にしまった。

「先生、本当にありがとうございます」

悟も小さく頭を下げた。

後藤田は目を輝かせて言った。

「森さん、『被災地の夜』は本当にいいよ。今年一番の自信作だ。絶対に売れるよ」

『被災地の夜』とは新作の題名だ。彼は一息で言ったあと、タバコに火をつけた。うまそうに吸うと、天井に煙を吐いた。

「それは楽しみですね」

「すぐに感想がほしいな」

後藤田は評価が楽しみのようだった。自信がある証拠だ。

「もちろん。早速読んで連絡します」

「それまで僕は羽を伸ばさせてもらいますよ。なんせこの二ヶ月、ほとんど休むことなく書きっぱなしでしたからね」

いつも長編を書き上げるのに三ヶ月は必要とする後藤田にとって、二ヶ月の締め切りは相当苦しかったようだ。

締め切り日を決めたのは、むろん悟である。少しでも早く後藤田の本を出版したい一心で二ヶ月と決めたのだ。だから後藤田の言葉が皮肉に聞こえた。

「十分休んで次の新作に備えてください」

悟がそう言うと後藤田は、

「そうさせてもらいますよ」

とだらけた声で言った。

彼はタバコの火を消すと話題を変えた。

「それにしても森さんも大変だったね。突然奥さんが亡くなるなんて」

後藤田は遠慮なく言った。その話が出ると紀子は顔を伏せた。悟は深く頭を下げた。

「執筆中にもかかわらず、葬儀に出ていただいてありがとうございました」

後藤田は手を横に振った。

「それはいいんだけど、これからどうするの？　お子さん、まだ幼稚園でしょ？」

「ええ、まあ」

「男一人で育てるのは大変だよね」

悟は無理に笑みを作った。紀子は彼が困っている姿を見てフォローした。

「それより先生、お腹空いていませんか？」

そう言えば、と後藤田は言ってお腹を押さえた。

「腹ぺこだよ。昨日からほとんど何も食べてないからね」

「何か頼みましょうか」

「うん。そうしよう」

三人は軽く食事を摂り、今後のスケジュールを話し合ったあと、喫茶店を出た。

「それじゃあ僕はこれから部屋に戻って寝ます」

「私たちはすぐに社に戻って原稿を拝読させていただきます」

紀子が言うと、後藤田は満足そうにうなずいた。

「今日中に読んでくださいよ」

「もちろん」

と紀子は笑みを見せた。

「では」

悟と紀子は挨拶してホテルを出た。悟は後ろにいる紀子を振り返ると、

「よし、すぐに社に戻るぞ。これから忙しくなる」

張り切って言った。紀子は生き生きとした声で返事をする。

「はい」

二人は急いで駅に向かった。

「本当に楽しみですね」

悟は前を向いたまま力強くうなずいた。

汐留《しおどめ》駅に着いた二人は都営大江戸線の電車に乗った。時間の割には混んでおり、二人は少し離れて立っていた。電車が揺れるたびに悟は隣の乗客と身体がぶつかる。靴を踏まれたとき、彼は大きく舌打ちした。

代々木駅で悟と紀子は、今度はJR中央線に乗り替えた。大江戸線とは違いこちらは比較的空いており、二人は仕事の会話をしながら目的の駅に着くのを待った。そしてその十分後には講文社に到着した。

第一編集部に着くと、悟と紀子は竹内のもとに向かった。

「ただ今帰りました。無事、後藤田先生から原稿を預かってきました」

竹内は書類に目を通しながら言った。

「そうか、ご苦労。締め切り日にもらえてよかったな」

悟もそれは思っている。最近、天狗になっている後藤田のことだから、少し遅れるかもしれないと覚悟はしていたのだ。

「これから早速、原稿に目を通します」

竹内は依然書類に目を通している。結局一度も顔を上げることはなかった。

「そうしてくれ」

悟は竹内を見ながらかすかに上唇を浮かせた。後藤田と悟のタッグは確実に売れるので面白くないのだ。嫉妬の塊だなと心の中で毒づいた。

二人は悟のデスクに向かった。彼のパソコンにフラッシュ・メモリーのデータを落とすためだ。そのあとに紀子は自分のデスクで同じ作業をする。

紀子は鞄の中にあるフラッシュ・メモリーを捜した。悟はイスに座りパソコンの電源を入れた。

画面が明るくなり、南国の海の壁紙が広がる。紀子はまだ鞄の中をいじっていた。

「おい、まだか」

焦れた悟は声をかけた。

「ちょっと待ってくださいね」

そう紀子は言って、鞄の中をかき混ぜるようにゴソゴソとやり始めた。

「いろんな物を入れ過ぎだ」

悟は注意した。あまりに長いのでイライラした声になっていた。しかし紀子は言葉を返さない。だんだんと顔色が変わっていくように見える。

「おい」

悟は心配になった。紀子は慌てた動作に変わっている。

「おかしい」

と彼女がつぶやいた。瞬間、悟は胸騒ぎがした。が、すぐに心配はないと自分に言い聞かせた。紀子は確かに茶封筒を鞄の中にしまった。落とすはずがないのだ。

「早くしろ」

悟に急かされた紀子の動作が止まった。顔はひどく青ざめていた。

「どうした」

悟は真剣な声の調子になった。紀子は口元を引きつらせて言った。

「ない。どこにもないのよ」

部内ということを忘れて、彼女は『二人だけ』の言葉遣いになった。

「何だと」

悟の顔から血の気が引いた。全身に冷たい汗が噴き出た。立ち上がって紀子の鞄を奪うと、乱暴に中を探った。しかし、ない。どこにもない。確かに入れたはずの茶封筒が見当たらない！

悟は鞄の中にある物全てを出した。悟のおかしな様子に気づいて、周りの社員たちが何事かと目を向けている。やがて悟の動きが止まった。

「なぜだ。なぜないんだ」

悟は叫んだ。部内が一気に静まり返った。

竹内がこちらにやってきた。

「どうしたんだ」

悟は何でもないと言って竹内を行かせようとした。しかし、頭が真っ白になっている紀子が正直に言ってしまった。

「フラッシュ・メモリーが、ないんです」

竹内は小さな目を見開いた。

「何だって」

その声は裏返っていた。紀子は必死に説明する。

「でもそんなはずないんです。確かに鞄の中に入れたんです」

紀子の言うとおりだ。悟もしっかり確認している。

「だったらないはずがないじゃないか」

悟は混乱している頭を整理した。もう一度、ホテルを出たあとのことを思い出してみる。

自分たちは寄り道することなく電車に乗り、真っ直ぐ会社に向かった。しかし、ここにないのだからどこかに落としたのは明白である。それはどこだ。駅か、電車内か。その二つしか思いつかないが、鞄をひっくり返すような場面は一度もなかった。手品じゃあるまいし、封筒が勝手に移動するはずがない。

そのときである。紀子があることに気がついた。

「財布がない。失くなってる」

それを知った悟はきつくまぶたを閉じた。これでフラッシュ・メモリーが失くなった理由が推測できた。

「スリに遭ったんだ」

悟は溜息交じりに言った。

恐らく大江戸線の車内だ。混んでいたのでスリにとっては格好の獲物だった。財布だけなら良かったが、茶封筒を目にしたスリはその中に金が入っていると思ったに違いない。

「それしか考えられません」

パニック状態の紀子はオロオロするだけだった。対策を考えようとしない彼女に悟は沸々と怒りが込み上げた。

「何をやっているんだ君は！　フラッシュ・メモリーには大切な原稿が入っているんだぞ！　どうして注意しないんだ」

編集部内に悟の怒号が響いた。

「どうするんだね森くん。大変なことだぞこれは。後藤田夏夫は会社の――」

悟は竹内の言葉を遮った。

「分かってます」

悟は自分を落ち着かせるために一息吐いた。

「とにかく、自分たちが使った駅と電車はもちろん、大江戸線と中央線全線を調べてもらいます。スリが捨てていった可能性がありますから」

「しかし、スリじゃなかったとしたら」

「いずれにせよ、考えられるのは駅か車内です」

「もし、見つからなかったとしたら」

その場合、方法は一つしかなかった。

「仕方ありません。後藤田さんに謝って、もう一度データをもらうしかありません」

竹内は深い溜息を吐いた。そうなったら、編集長の責任にもなってくるからだ。

「急いで連絡を」

悟は迅速に動いた。ただ立ちつくしているだけの紀子に、彼はもう一度怒鳴った。

8

自宅に着いたのはまたしても十一時近かった。この日、いくら待っても大江戸線と中央線それぞれの遺失物センターから連絡はなく、警察にも問い合わせたがそれらしき物は届けられてはいなかった。

今夜も宮前春子は部屋にいた。裕太と玩具で遊んでいた。

「今日も遅いんですね」

帰って早々文句を言われたが、悟は相手にしている余裕などなかった。宮前が家にいることを咎《とが》めることもせず部屋に入り、鞄を置くとベッドに腰を落とし、大きな溜息を吐いた。

本当に大変なことになった。こんな事態になるなんて誰が予測できたか。

手書きの原稿用紙を失くしたわけではないので、作品が消滅したわけではないが、フラッシュ・メモリーを失くしたと言われた後藤田はどう思うか。寝る間も惜しんで一生懸命書いた作品が失くなったと知ったら誰だって怒るに決まっている。作家にとって作品は自分の子供みたいなものなのだ。それを知っているだけに悟は後藤田には言いづらい。しかしこのままフラッシュ・メモリーが出てこなければ、ひたすら頭を下げるしかない。

それにしても紀子の不注意にもほどがある。財布はいいにしても、フラッシュ・メモリーを盗まれるなんて編集者失格だ。悟は紀子に対してまだ怒りが収まらなかった。

しかし、過ぎ去ったことをどうこう言っても始まらない。今はじっと待つしかなかった。いくら慌てたところでどうしようもない。フラッシュ・メモリーが見つかった、という連絡が来るのを祈るしかない。

とはいえ悟はまんじりともできなかった。夜中にもかかわらず、連絡が来るのではないかと期待した。が、むろん携帯電話が鳴ることはなかった。

翌朝、かなり早い時間だったが携帯電話が鳴った。つい眠ってしまっていた悟は飛び上がるようにして起きた。

しかし、連絡してきたのは竹内だった。このとき彼は、妙な胸騒ぎがして身体が火のように熱くなった。

「もしもし」

緊張した声で電話に出ると、竹内はいきなり言った。

「大変なことになったぞ森くん。すぐに会社に来るんだ」

その瞬間額や手から心地の悪い汗が噴き出した。

「一体何があったんですか」

しかし竹内は詳しくは話さなかった。

「とにかく来るんだ」

電話は一方的に切れた。受話器を叩きつけるような音だった。

悟はしばらくその場に立ちつくした。竹内の言い方はただの脅しとは思えなかった。自分の知らないところで、何が起こったというのだ。

彼は着替えをして、裕太を一人置いて家を飛び出した。

悟の悪い予感は、黒い雲のように大きく膨れ上がっていった。


悟は息せき切って会社に向かった。フラッシュ・メモリーを紛失してまだ二十四時間も経っていないというのに、この間に何が起こったというのか。悟は悪夢を見ているようだった。

駅を降りた悟は髪を乱して走った。会社にはまだ受付もいなかった。悟はエレベーターのボタンを押した。しかし表示されているのは七階だった。降りてくる時間がもどかしく、彼は階段を駆け上がった。

息を切らしながら三階の第一編集部の扉を開けた悟は、心臓を握られたようなショックを受けて思わず立ち止まった。

竹内のデスクの周りには、次長の浅田《あさだ》と、第一、第二編集部を統括している編集部長の井上《いのうえ》、さらには河野《こうの》専務までいたのだ。

悟は絶望に近いものを感じていた。取締役までいるということは、想像よりも事態ははるかに悪いようだ。いや、これは自分を陥れるために竹内が仕組んだことなのか。

どちらにせよ内々で収めることはできなくなった。

「おはようございます」

悟は彼らに頭を下げた。

「挨拶なんかいい。早くこっちへ来たまえ」

河野は悟を叱りつけるように言った。

「大変なことになったぞ」

編集部長の井上は、悟に厳しい目を向けた。竹内のデスクに歩を進めた悟は、

「一体何があったんですか」

と聞いた。竹内はパソコンのマウスを握り、

「これを見たまえ」

と強く言った。悟はパソコンに目を移した。画面に映し出されていたものを見た彼は、

「こ、これは」

と声を洩らした。

「川田くんがスリに遭ったという君の勘は当たっていたようだ。しかし相手が悪かった」

竹内の言葉はほとんど耳には入っていなかった。悟は、ネットの掲示板に貼りつけ

られた、ある物語の文章に釘づけになっていた。

「これが誰の作品か、担当編集の君なら分かるだろう」

竹内は続けて言った。悟は玉のような汗をかいた。彼は、やっと口を開いた。

「……はい」

間違いない。ネットの掲示板に貼りつけられているのは後藤田の新作である。文章だけでは確信がもてないが、『被災地の夜』という題名がその証拠だった。悟はマウスを握り、少しずつ下にスクロールする。犯人は原稿用紙三十枚分ほど貼りつけたあと、

「某所でこの原稿を入手しました。みなさん、これはお宝原稿だと思いますか？」

とサイトの住人たちに質問している。それに対し答えは様々だった。まさかプロが書いた原稿とは思わず、素人が書いたものだ、という者が圧倒的に多かったが、中には、綺麗で巧い文章なので、もしかしたら大物かもしれないという者もあった。そこから住人たちが、では可能性がある作家は誰か、と予想し始めていた。

後藤田夏夫と書いている者がいるのを見た悟は軽くめまいを起こした。

「書き込まれているのはこのサイトだけじゃないんだ。いろいろなところで公開されて、様々な予想がされている」

棒立ちとなっている悟に井上が説明した。竹内がそのあとに付け足した。

「業界では相当噂になってるよ。子会社の社員からこんな書き込みがあると連絡が来てね、まさかと思ったがやはりそうだったか」

「では、後藤田さんには」

悟はそれが一番気がかりだった。竹内は当然というようにうなずいた。

「いずれ分かることだ。こちらから全て話したよ。後藤田さんは新作をボツにすると言っている」

悟は心臓を撃ち抜かれた思いだった。

「そんな」

「仕方ないだろう。後藤田さんにもプライドがある。ここまで公開されて、バカにされている。出版することはできないだろう。出版すれば後藤田夏夫の作品だったと世間に知られてしまうからね」

そう言われると悟は言葉がなかった。竹内の攻撃はまだ続いた。

「この、ネットに作品を流出させた犯人については、警察に頼んで調べてもらう。しかし仮に捕まったとしても、作品がボツになることに変わりはない。後藤田さんの怒りはしばらく収まらないだろう」

悟は顔を上げられなかった。

「森くん」

横から河野が言った。

「この責任は重大だよ。後藤田先生はうちの最重要作家だからね」

悟は反論したい気持ちだったが、上には言いわけにしか聞こえないだろう。

「後藤田さんには謝罪して、許してもらうしかありません」

「当たり前だよ君！」

と河野が一喝した。

「これから謝罪に行く。二度と書いてもらえなくなったら、それこそ大損害だ」

「分かりました」

しかし専務は首を振った。

「君は来なくていい。後藤田さんは君には会いたくないと言っている。相当ご立腹だ」

後藤田がそんなことを言っているなんて信じられなかった。

「いや、しかし――」

「君はここで待っていろ」

これ以上河野に抵抗することは許されず、悟は「はい」と返事をするしかなかった。

一階にタクシーが到着すると、河野、井上、竹内の三人は編集部を出ていった。一人残された悟は、すぐに後藤田の携帯電話に連絡を入れた。河野は、後藤田が悟に会いたくないと言っていると言ったが、彼の本当の気持ちを確かめたかった。後藤田とはデビュー以来の付き合いなのだ。今回の件は心底申しわけないと思っている。しかし、これで関係が終わるような浅い仲ではないはずだ。後藤田は自分を、編集者として信頼しているはずなのだ。河野が、今は後藤田と自分を会わせたくないだけなんだと思いたかった。

しかしいくらかけても後藤田は出なかった。それどころか途中から電源が切られた。どうやら河野の言葉は真実のようだった。

この日の午後、悟は河野と井上に会議室に呼ばれた。後藤田の自宅から戻った二人の表情は深刻そのものだった。

「後藤田さんはうちに、損害賠償を求めてきたよ」

河野は悟に責任を問うように言った。

「損害賠償、ですか」

後藤田の激怒した顔が目に浮かんだ。

「そう言われても仕方あるまい。新作をボツにしてしまったんだからな。売れない作家ならともかく、彼が出せばベストセラーは確実だ。億単位の金が動くんだ。本当に困ったことをしてくれたな」

悟は頭を下げるしかなかった。

「申しわけありません」

「どうして部下にフラッシュ・メモリーを受け取らせたんだね」

河野は、紀子がスリに遭ったことよりも、悟が部下に持たせたことを指摘した。それが彼には納得がいかなかった。しかし、

「私の不注意です」

と言うしかなかった。

「彼はね、それ相応の対応がなければ二度とうちでは書かないと言っているんだよ」

悟は、それが一時の感情であることを願うしかなかった。

「もし本当に書いてもらえなくなったら、君はどう責任を取るつもりだね」

「後藤田さんと会う機会をいただけないでしょうか」

悟は河野に頼んだ。しかし、井上が首を横に振った。

「私もそう説得したんだが、後藤田さんはやはり君とは会いたくないと言っている。ネットに流出してしまったことはもちろん、原稿を粗末に扱われたことが許せないようだ」

「とにかく」

河野が二人の会話を遮るように声を上げた。

「君はしばらく後藤田先生に連絡はするな。私たちで何とかする」

悟はそれに従うしかなかった。もっとも、いくら連絡しても後藤田は今は出ないだろう。

「分かりました」

「それにしても」

河野は声の調子を抑えて言った。

「奥さんを亡くしてショックなのは分かるが、少し気が抜け過ぎているんじゃないのかね。君らしくないじゃないか」

悟は否定したい気持ちをぐっと我慢した。

「申しわけありません」

「もういい。私はこれから経営会議があるんだ。行きたまえ」

河野は虫を払うように手を振った。

「失礼します」

悟は深く頭を下げた。彼の身体は悔しさで震えていた。

第一編集部に戻ると、最初に竹内と目が合った。悟が今まで河野と井上と話し合っていたのを竹内は知っているはずだが、悟を呼びつけることはしなかった。ただ睨みつけたあと、パソコンに視線を戻した。

後藤田の作品がネットに流出した事実を、第一編集部では竹内と紀子以外、確実なところはまだ誰も知らないようだった。もしこの噂が広まれば悟は冷ややかな目で見られるに違いない。

悟は自分のデスクに戻った。すぐに紀子がこちらへやってきた。彼女は今にも泣きそうな顔で頭を下げた。

「全て私のせいです。本当に申しわけありません」

だったらそう専務に言ってこいと怒鳴ってやりたかったがやめた。近くには竹内がいる。奴は河野に言いつける可能性がある。これ以上、自分の評価を落としてはならない。

悟はデスクに置いてある書類を手にして紀子の視線を遮った。

「もういい」

それだけ言って紀子を追い払った。彼女が去ったあと、悟は他の仕事に取りかかった。しかしすぐにその手が止まった。むろん、他の仕事どころではなかった。何とかして後藤田との関係を修復しなければならない。が、今は連絡しても無駄だ。しつこく電話すれば、後藤田を余計怒らせることになる。それが分かっていても悟はじっとしていられなかった。どうすれば後藤田が許してくれるのかと、彼は思案した。だが良案が浮かぶことはなかった。

気づけば夜の七時を回っていた。結局彼は他の仕事に集中できなかった。この日一日、後藤田の件で頭を悩ませただけだった。

悟は席を立った。これ以上、社にいても仕事が手につかないので今日は早く帰宅することにした。

会社を出た悟は立ち止まっていた。足が後藤田の自宅に向かおうとしているのだ。身体が磁石のように引きつけられる。だが悟はその衝動を堪えた。今は我慢だと自分に言い聞かせ、自宅に戻った。

今夜もやはり宮前春子はいた。しかし悟の眼中に彼女はなかった。頭の中は後藤田一色だった。

帰ってきて早々、悟は彼女に問い詰められた。

「一体どういうつもりですか？　裕太くんを一人置いて、家を出ていくなんて」

宮前は今朝のことを言っているようだった。

「今はそれどころじゃない。一人にさせてくれ」

そう言って悟は部屋に入った。いつもと違う様子の悟が心配になったのか、宮前がノックして入ってきた。

「どうかしましたか？　仕事で嫌なことでもあったんですか？」

神経を逆撫でされた悟は、女をキッと睨みつけた。

「君には関係ないだろう。出ていってくれ！」

宮前は困ったように両手を腰に当てた。

「あなたはそれしか言えないんですか？　冷静に話しましょう」

「うるさい。それどころじゃないんだ」

「また余計なお世話って言われるかもしれませんが、少しは裕太くんを見てあげてください。話をしてあげてください。それと、少しは家事を覚えてください。今のままじゃ生活に困りますよ」

悟はうんざりしたように溜息を吐き、出ていけと手で払った。

よほど疲れているように見えたのか、宮前はそれ以上は何も言わずに扉を閉めた。

悟はベッドに仰向けになった。自宅にいても落ち着かない。一刻も早くこの問題を解決したかった。

しかしまさかこんな事態になるとは予測すらしていなかった。悟は、後藤田の新作をネットに流した犯人を呪った。犯人はネット、もしくは文芸マニアだったに違いない。そんな人間にフラッシュ・メモリーを盗まれるとは運が悪かった。

悟の脳裏にふと妻の顔が浮かんだ。

どういうわけか、亜紀が死んでから不運なことばかりが起こっている。宮前に生活のリズムを狂わされたかと思えば、今回の件である。自分を憎んでいた妻が、全て仕組んでいるのではないかとさえ思えてきた。

「バカな」

悟は自嘲《じちょう》気味に笑った。そんなことがあるわけはないし、また今は妻のことなど考えている場合ではない。

とにかく、後藤田との関係を修復する方法を考えなければならない。このまま険悪な状態が続けば出世にだって響く。何とかこの危機を乗り越えなければならない……。

それから二日後のことだった。悟は編集部長である井上に、大事な話がある、と呼ばれた。

9

井上が悟を呼び出した理由は言うまでもなく、後藤田の件であることは明らかだった。

しかし井上の声と言葉だけではどんな話がされるのか判断がつかず、悟は緊張した。

会議室の扉をノックすると井上の声が返ってきた。

「どうぞ」

悟は中に入り一礼した。今日、井上が選んだ会議室は六畳ほどと狭かった。その小さな個室にはテーブルとイスとホワイトボードが置いてあるので、余計狭く感じる。

井上は向かいのイスに座れと指示した。

「失礼します」

イスに腰かけた悟は顔を上げて井上を見た。彼は悟の腰のあたりまで視線を下げて、何かを考えている様子だった。

悟は耐《た》えきれずに、その重い静寂を切り裂いた。

「部長、話というのは」

声をかけると井上はゆっくりと顔を上げた。

「後藤田さんの件なんだがね」

それは分かっている。肝心なのはその先である。悟の心臓の鼓動が速くなった。

「はい」

一息吐いてから返事した。彼は井上を真っ直ぐに見た。しかし井上は視線をそらし、伏し目がちに言った。

「実はね、非常に言いにくいことなんだが」

井上の歯切れは悪く、なかなかその先の言葉が出ない。悟は落ち着かなかった。

「何でしょうか」

彼はたまらず口を開いた。井上は悟を一瞥し、やや間を置いてから言った。

「森くんを担当編集から外してくれと、後藤田さんから連絡があったんだ」

悟は途中から身を乗り出していた。

「まさか！」

彼の声が小さな室内に響いた。しかし悟は抑えられなかった。

「彼がそう言ったんですか？　本当ですか？」

井上は静かにうなずいた。

「ああ。今回の件で信用できなくなったから、担当を替えてくれとね」

「そんなバカな」

悟は納得がいかないというように首を振った。

「取り返しのつかないミスをしてしまったのは確かだが、担当を替えろと言ってくるとは思わなかった。君と後藤田さんはデビュー当初からの付き合いだろ。苦労を乗り越えてここまできた二人だから、たとえどんなことがあっても別れることはないと思っていた。君と連絡を取りたくないというのは一時の感情であって、時間が経てば修復すると思っていたんだがね。どうやらこの怒りは収まらないようだ。原稿を失くされて、それがネットに流出したのが相当屈辱だったんだろう。こんな例は初めてだからね。また、君を信頼していただけに、ショックも大きかったと思う」

悟はまだ現実を受け入れられない目つきだった。

「しかし……しかし」

混乱する悟は言うべき言葉が見つからない。

「後藤田さんは、担当を替えなければうちでは書かないと言ってきた。当面は私が担当することにした」

悟は井上の言葉が聞こえなかった。

「しかしフラッシュ・メモリーを失くしたのは私ではなく」

井上は遮った。

「後藤田さんからしてみれば、君の部下が失くしたとしても、君の責任ととらえるよ」

それは井上の言うとおりだった。悟は肩を落とし、唇を強く噛《か》んだ。

あの日、どうして紀子に原稿を受け取らせたんだ。それは補佐役の仕事だとつけ上がっていた証拠だ。

「彼が考え直す気は、ないのでしょうか」

井上は気の毒そうに答えた。

「残念だけど、ないだろうね。『担当を替えなければ書かない』の一点張りだったから」

悟は肩を落としたまま口を開いた。

「そうですか」

「それとね」

まだあるのかと、悟は胸騒ぎがした。顔を上げると、井上はまた気まずそうな表情を浮かべている。

今度は何だ。悟は耳を塞ぎたい思いだった。

井上は言いづらそうに悟に告げた。

「君には、文庫編集部に行ってもらうことになりそうだよ」

悟は自分の耳を疑った。

「今、何と？」

「文庫編集部だ」

今度は遠慮がなかった。

彼は殴られたような気持ちになった。

途切れ途切れに復唱した。

「文庫、編集部？」

目の前が真っ暗になった。全身の血が引いていくのが分かる。

「ああ。今、編集の人手が足りないそうで、優秀な人材が欲しいと言われていたんだよ」

嘘だ。井上はそう言っているが、重大なミスをおかした自分を第一編集部から追い出そうとしているのだ。

悟は拒否するように首を振った。文庫編集部に移ったら今までみたいに一から本を作れない。第一、第二で発売された単行本を二、三年後に文庫にする仕事なのだ。俺は一から本を作りたい。文庫編集部に自分のやりたい仕事はない。第一編集部を追い出されたら、これまで積み上げてきたもの全てが崩壊する。何もかもが終わりである。

悟は必死に抵抗した。

「それは納得ができません。考え直してもらえないでしょうか」

「しかし、これは私の考えではなく、上の指示だからね。私にはどうすることもできないんだよ」

「そんな」

玉のような汗が頬を伝い床に垂れた。悟は呆然となっていた。

「先日奥さんを亡くして、心身ともに疲れているだろう。文庫編集部に行けば、今よりは仕事は落ち着くだろう。少し休んだらどうかな？」

　気休めにもならなかった。今度は怒りが沸き立った。

「私は誰よりも会社に貢献してきました。それも認められないというのですか」

　井上はこれ以上、悟の話を聞くつもりはないようだった。

「すまないね」

　と同情するような声だが、一言でばっさりと切り捨てた。

　井上は席から立ち上がって言った。

「しかし、編集ができないわけじゃない。深く考えすぎることはないよ」

　そんなことを言って安心するとでも思っているのだろうか。

「私はこれから他の用があるから」

　井上は会議室を出ていった。事務的な通告を終えたとたん、井上は冷淡になった。

　一人残された悟は力なく席から立ち上がった。そして感情を抑えきれずに、イスを思い切り蹴り上げた。


　後藤田の担当から外された上、さらに部署異動とは考えてもいなかった。悟は第一編集部に戻る途中、

「どうして俺が」

と何度も繰り返しつぶやいた。顔色は青く、この数十分で憔悴しきったような顔つきとなっていた。

　彼はこの現実は受け入れがたかった。信じたくなかったし、許せなかった。怒りの矛先は様々なところへ向かった。まずは後藤田だ。一体誰のおかげで成功したと思っているのだ。デビュー当時、後藤田はほとんど売れなかった。それを救ってやったのはこの俺だ。俺の助けとアドバイスがあったからこそ、後藤田はここまでのし上がることができたのだ。なのにあのときの恩を忘れて担当を替えろだと？　あの男、何様だと思ってやがる。売れたのは自分の才能のせいだと勘違いしているのだ。あんな男、こっちから願い下げだ。傲慢《ごうまん》な鼻をへし折ってやりたかった。

　しかし会社も会社だ。一つのミスで部署異動だと？　これまで俺がどれだけヒット作を作ってきたと思っているんだ。どの部署の誰よりも成績は良かったはずだ。それが後藤田の担当でなくなったとたん、手の平を返してきやがった。人手が足りないから優秀な人材が欲しかっただと？　笑わせるな。上はただのバカの集まりだと思った。

　第一編集部に着いた悟は最初に竹内と目が合った。この男も許せなかった。原稿の紛失が分かると、すぐに河野たちに報告した。いずれにせよ原稿はネットに流出していたが、奴はこの俺を陥れようと考えていたに違いない。どの世界でもそうだ。無能な奴ほど有能な人間に嫉妬する。小さなことでも騒ぎ立てる。

竹内は相手にしないというように視線を書類に戻した。悟は竹内を睨みつけたまま席についた。

彼のもとに、心配した紀子がやってきた。悟は血走った目を彼女に向けた。

後藤田の担当から外されたのも、文庫編集部に異動になったのもこの女のせいである。こいつさえフラッシュ・メモリーを盗まれなければ、全てが崩壊することなんてなかった！

「森さん」

紀子が口を開いた瞬間、悟の最後の糸が切れた。彼は立ち上がり、手元にあった書類を投げつけた。

「お前のせいだぞ。お前があんなミスをしなければ俺は！」

そのとき、悟は編集部全員の視線を感じた。

後藤田の作品がネットに流出した事件は、すでに会社中に知れ渡っていた。もしかしたら、悟の異動の件も竹内が全員に話しているかもしれない。だとしたら彼らの目には、悟が部下に八つ当たりしているように映っているはずだ。

その証拠に、全員の目は冷ややかだった。まるで、お前はもう第一編集部の人間ではない、部署から出ていけと言わんばかりの目であった。特に、悟の出世を妬んでいた者や、彼に散々コキ使われた者からの視線は厳しく、憎悪すら感じた。

悟はこの際、仕事のできない奴らに悪態をついてやろうかと思った。このままでは気持ちが収まらなかった。しかし、最後のところで思い留まった。余計惨《みじ》めに見えるだけである。

悟は怒りを通り越してバカバカしくなった。やってられないというふうに首を振り、鞄を持って会社を出た。

悟は夜中の新宿を歩いている。行きつけのバーを出たあとだった。嫌なことを忘れようと強い酒を何杯もあおったが、酔うことすらできなかった。あれだけ飲んでも後藤田のことと部署異動の件はしっかり頭の中にある。忌々しいと、彼はそばにあったカラーコーンを蹴飛ばした。それを見ていた若い女性たちに悟はしつこく絡んだ。女性たちはクスクスと笑って逃げていった。

悟は、あんな小娘どもにもバカにされている、と自嘲の笑いを浮かべ、ポケットの中からしわくちゃになったタバコの箱を取り出した。

火をつけようとしたときだった。急に雨が降り出してきた。とことんついていないと、悟はまた笑った。

雨は勢いを増した。悟は傘を持っていなかったが雨宿りすることもせず、濡れるのも構わずに歩いた。タクシーを捕まえようと思ったが、こういうときに限ってなかかなか捕まらない。今になって酒が効き始めたのか、急に歩くことに疲れを覚えた。彼はシャッターを閉じた喫茶店の前に腰を下ろした。

悟は何度も溜息を吐いた。もうどうにでもなれと思った。あんな会社どうだっていい。働く気が失せた。辞表を叩きつけてやってもいいと思った。

会社に入社して十年を超え、そろそろ編集長の座に就くはずが、一歩手前のところで何もかも失った。

この十数年間、悟は自分のため、会社のために懸命に働いてきた。事実、部内の誰よりも売り上げ部数を重ねた。

当然、ここまで来るのに相当な努力と苦労があった。出世するためには手段を選ばないときだってあった。だが過程なんてどうだっていい。結果が全てである。そう信じて悟なりにやってきたのだ。

しかし結果はこれである。一度のミスで、これまで積み上げてきたもの全てが音を立てて崩れ去った。今までやってきたことはもちろん、生きていることすら無意味に感じた。

悟は立ち上がる気力さえ失くしていたが、ちょうど目の前にタクシーが停まった。客が料金を払っている。降りた客と入れ替わるように、悟はタクシーに乗った。

「目黒駅まで」

悟はそれだけを言った。自宅までの道のりは駅についてから説明するつもりだった。

しかし運転手は困ったように聞いてきた。

「目黒駅は、どうやって行ったらいいですかね？」

バックミラーに中年の男の惚《とぼ》けた顔が映っている。悟は憤りが腹の底から込み上げてきた。

「目黒駅も知らないのか。バカじゃないのか。だったら運転手なんてやめちまえ！」

罵声を浴びせられた運転手は口を尖らせて謝ってきた。

「すみませんね」

「何だその態度は。ええ？」

「いえ、すみません」

運転手はバックミラー越しに言って、地図を調べて車を発車させた。

悟は舌打ちしたあと、興奮を鎮めるために目を閉じた。しかし心の中の嵐を抑えようとしても抑えられない。雨に濡れた寒さと怒りで身体がガクガクと震えていた。

人生で一度も挫折したことがない人間が墜ちたときほど、惨めなものはなかった。

10

自宅に着いたのは夜中の一時半過ぎだった。扉を開くと、宮前春子がものすごい剣幕で詰め寄ってきた。

「いい加減にしてください！　一体何時だと……」

彼女は、ずぶ濡れで玄関に立つ悟を見てハッとなった。

「どうしたんですか、一体」

そう言ったあと、宮前は鼻をつまんで顔をしかめた。

「お酒飲んできたんですか？」

陰気な表情の悟はその場に立っているだけだった。

「すぐタオル持ってきます」

宮前は洗面所に向かった。悟は彼女を待つことなく自分の部屋に入り、鞄をベッドに投げ捨てた。

ぼんやりと立ちつくす悟は、デスクの棚を見た。そこにはこれまで後藤田が出した小説がズラリと並べられている。パソコンのそばには受け持っている雑誌の原稿や書類がある。壁には、昨年、後藤田が文芸賞を受賞した際に会社からもらった賞状が飾られてあった。

それらを見た悟は屈辱に震えた。彼は感情を抑えられず、後藤田の小説や書類や賞状を床に叩きつけた。それでも心は収まらず、パソコンのモニターを机から叩き落とした。

その音に驚いた宮前が急いで部屋にやってきた。その後ろには裕太がいた。

床に座り込む悟に、彼女は声をかけた。

「どうしたんですか。やっぱり会社で何かあったんですか⁉」

悟は力なくつぶやいた。

「どいつもこいつも、俺を裏切りやがった」

「裏切る？」

「後藤田の担当を外され、さらには部署を異動になった。文庫編集部だと？　笑っちゃうよ」

悟は宮前に全てを話していた。それくらい心のダメージは大きかった。

「俺が今までどれだけ会社に貢献してやったと思ってんだ。後藤田ごときで手の平返しやがって」

宮前はただ聞いている。

「後藤田も後藤田だ。何が担当を替えろだ。調子に乗りやがって」

悟は寂しく笑って言った。

「もう何もかも終わったよ」

肩を落とす悟に、宮前が優しく言った。

「もういいじゃないですか。会社のことなんて」

悟は目を光らせた。

「何だと？」

「いくら会社に貢献したって、出世したって、結局は何も残らないんですよ」

悟は溜息交じりに言った。

「お前に男の何が分かるんだよ」

「分かりません。男の人がどうして仕事に夢中になるのか」

「だろうな。女に分かるかよ。男の気持ちが」

「では、あなたには何が残ったんですか？」

悟は再び鋭い目を向けた。

「何？」

「あなたは仕事に全てを捧げてきたんでしょ？　それで何が残ったんですか？」

悟は言い返せなかった。胸を鋭い刃《やいば》で突き抜かれた思いだった。

「結局は会社に裏切られたんでしょ？」

悟は顔を背けた。

「うるさい」

「私には仕事よりも、もっと大切なものがあると思います」

悟はただ黙って聞いていた。彼女は断言するように言った。

「家族です。裕太くんです」

宮前は悟の肩にそっと手を置いた。

「もっと裕太くんのことを考えてあげてください」

悟は彼女の手を払った。

「俺に触るな！」

すると、後ろで見ていた裕太が宮前をかばうように前に立った。どうやら悟が彼女に暴力を振るったと思ったらしい。

「大丈夫よ、裕太くん」

そう言った宮前は、

「裕太くん、今日幼稚園で描いたもの、持ってきてあげて」

と裕太を部屋に行かせた。

と悟は宮前に聞いた。彼女は裕太が戻ってくるまで口を閉じていた。

裕太は、丸められた画用紙を持って部屋に戻ってきた。

「裕太くん、お父さんに見せてあげて」

裕太はうなずき、

「はい」

と、悟に画用紙を渡した。それを受け取った悟はゆっくりと広げて中を見た。

画用紙には、クレヨンで人間の顔が描かれていた。誰の顔かは分からないが、目はつり上がり、口はへの字に曲がっている。どうやら怒った顔を描いたらしい。

「誰のことを描いたか分かりますか？」

宮前に聞かれた悟は首を振った。

「あなたですよ」

悟は弾かれたように顔を上げた。

「俺を」

「今日、幼稚園で、お父さんの似顔絵を描く時間があったそうです。それは、裕太くんの目から見たあなたの顔です。裕太くんは、あなたが怒ったときの顔しか知らないんですよ」

悟は裕太と目が合った。裕太は、目を伏せた。

「それを見てどう思いますか？」

悟は絵を見つめるだけだった。

「本当は裕太くん、あなたともっと話したいと思っているんですよ。でも接し方が分からない。あなたが仕事のことで頭がいっぱいで、相手をしてあげないからです」

「裕太が？」

嘘だ。裕太は俺を嫌っている。父親とも思っていないはずだ。

「嘘だと思いますか？」

悟はうつむいている裕太を見た。宮前は裕太に言った。

「さっき話したこと、お父さんに言ってみようか。大丈夫。絶対に約束守ってくれるから」

二人でどんな会話をしたのか、悟には見当がつかなかった。

「さあ、裕太くん」

宮前に勇気づけられた裕太は、悟に向かって小さく口を開いた。

「お仕事がお休みのとき、遊園地に連れてって」

瞬間、悟は胸を締めつけられた。裕太にこんなことを言われたのは初めてだった。

「裕太くんは本当はそう思っているんですよ。でもあなたが怖くてなかなかしゃべれないんです。幼稚園のお友達は、休日になるとお父さんとキャッチボールをしたり、遊園地に連れていってもらったりするそうです。裕太くんはそれが羨《うらや》ましいと言っています」

悟は言葉を失っていた。

「あなたは向こうの両親に裕太くんを預けると言っていますが、それがお互いにとってどれだけ不幸なことか分かりますか？　あなたは血のつながった息子さんを捨てようとしているんですよ。もっと真剣に考えてください。子供は、親と暮らすのが一番幸せなんです。あなたにとってもそうです。子供と離ればなれに暮らすなんて辛いですよ。きっと後悔します」

宮前は熱を込めて説得したあと、悟の顔を覗き込み、優しい口調で言った。

「裕太くんはね、お母さんが亡くなってすごく寂しいんです。本当は泣きたいはずなのに、この子は強い子だから、我慢しているんです。そんなとき、あなたがそばにいてあげないでどうするんですか。この子を救えるのは他人の私じゃない。あなたなんですよ」

悟と裕太の視線が重なった。今度は悟が目をそらした。

「しかし、俺には裕太を育てる自信がない」

「そんな弱気でどうするんですか。私がお手伝いしますから」

悟は首を振った。

「俺は仕事しか知らない人間だ」

「大丈夫です。焦らず一つずつやっていけばいいんです。あなたは裕太くんを立派に育てられます」

悟は、根拠もないのによく言うなと思った。

「あなたは会社に裏切られたと言いました。だったらもういいじゃないですか。家庭のことを考える時期に来たってことです。そう考えればいいんですよ」

「もうあんな会社に未練はないよ。しかし……」

宮前はその先を言わせなかった。

「なら仕事よりも家庭を大切にするべきです。亜紀さんも生前、何度も言ってましたよ。少しは家族を大事にしてほしいって。それ以上は何も望まないって」

それが妻の口癖だった。何かあるごとに家庭を大事にしてくれと言っていた。

「愛情を持って接すれば、裕太くんはそれ以上の愛で応えてくれます」

宮前は重ねて言った。

「他人は裏切っても、裕太くんは決して裏切りませんよ」

彼女は悟にそう言うと、手に持っていたタオルを裕太に渡し、耳元で何か囁いた。

裕太はうなずいて、そのタオルを悟に差し出した。

それを受け取った悟は、タオルを頭から被った。

翌週の月曜日、悟は人事部から部署異動の辞令を受けた。異動先はもちろん文庫編集部だった。悟はその文書を見ても、憤りを抱いたり、力を落とすことはなかった。もう吹っ切れた気分だった。この十数年間、仕事が命だった自分がそんな気持ちになるなんて不思議だった。

文庫編集部に配属になるのは翌月の十二月一日からなので、まだ三週間ある。悟は溜まっている有休を使って長期休暇を取ることにした。出社しても第一編集部の仕事はないし、部内には居づらい。居ても惨めになるだけだ。

人事部から戻ってきた悟は早速、荷物の整理を始めた。異動の件は竹内の口からみなに伝わっているだろう。しかし誰も声をかけてくる者はいなかった。編集長の竹内ですらこちらにやってくる様子はない。淡々と仕事を進めている。しかし、悟はいつものようにそんな連中を見下すことはせず、嫌われたもんだな、と薄く笑った。

それよりも悟はこのあとのことで頭がいっぱいだった。会社を出たあと、亜紀の実家に向かうことになっている。幸夫にはその旨は伝えてある。幸夫は、どんな用件かは聞かなかった。裕太のことであると聞かなくとも分かっているのだろう。

荷物をまとめた悟は黙って第一編集部を出た。井上と竹内には、文庫編集部に異動するその日に挨拶するつもりだった。

　廊下を歩く悟に、声をかける者があった。

「悟さん」

　会社内でそう呼ばれたのは初めてだった。社員の中で下の名前で呼ぶのは一人だけだった。振り返るとそこには紀子が立っていた。

　悟は穏やかな顔を見せた。紀子は、どう接したらよいのか分からないといったふうに、うつむきながら悟に歩み寄った。

「どうした。顔を上げろよ」

　そう言うと紀子はゆっくりと視線を上げ、口を開いた。

「私のせいで……本当にごめんなさい。私、どう責任を取ったらいいか」

「いいさ」

　悟は紀子に優しく接した。表面だけではなく、実際彼女に対しての怒りは消えていた。

「もう終わったことだ」

「でも、私のミスなのに悟さんが異動になるなんて納得がいきません。私が異動になるべきなのに」

「もう気にするな」

「それより、自分の仕事に励め。お前は重大なミスをしたんだ。その分を取り返せ」

そう激励すると紀子はうなずき、今度は部下としてなのか、それとも愛人としてなのか、どっちともつかない言葉で言った。

「寂しく、なります」

悟は小さく笑った。

「何言ってる。子供じゃあるまいし」

紀子には、それが冷たく聞こえたようだった。彼女は寂しそうに下を向いた。しかし、すぐに何かを決心したように顔を上げて言った。

「悟さん」

「うん？」

「今日の夜、会いませんか？」

悟は紀子の誘いを断った。

「すまない。今日は用があるんだ」

紀子は残念そうにつぶやいた。

「そうですか」

悟はこのまま立ち去るつもりだった。しかし彼は、この機会にケジメをつけようと
「でも」

思い直した。

「なあ紀子」

紀子は下を向いたまま返事をした。

「はい」

その声はかすかに震えていた。彼女は、このあとに悟が言う言葉を知っているようだった。

「俺たち、もう終わりにしよう。そのほうがいい」

紀子は黙ったままだった。

「自分勝手だと思われても仕方がないな。でも君のためにも」

「私は嫌です」

紀子は悟を遮って言った。

「しかし」

紀子はもう一度言った。

「嫌です」

紀子は背を向けて編集部に戻っていってしまった。悟は呼び止めることはしなかった。彼女は納得できないようだったが、時間が経てば忘れ、新しい人を見つけるだろう。これでいいんだと、悟は自分に言い聞かせ、亜紀の実家に向かった。

11

亜紀の実家は小田急線の経堂《きょうどう》駅から少し離れた閑静な住宅街にあった。純和風の木造一戸建てである。表札には立派な石が使われている。車庫には高級外車が駐まっていた。ここに来るのはおよそ三年ぶりだった。亜紀に強引に連れられて、新年の挨拶に来たとき以来だった。

悟の姿に気づいたか、障子の影が立ち上がった。悟は石畳を歩き、チャイムを鳴らした。中から幸夫の声が聞こえて、扉が開いた。

「悟くん、待ってたよ」

幸夫は相変わらず柔らかな声と目つきだった。

「どうも」

「さあ、中に入って」

「失礼します」

幸夫は悟を広い和室に案内した。部屋の奥には亜紀の位牌と遺骨が置かれてあった。

悟は仏壇の前に座り手を合わせた。思えば、線香を上げるのは葬儀以来初めてだった。

「今日は仕事じゃなかったのかね」

幸夫の声で悟は目を開いた。

「いえ、仕事でした」

「その割にはずいぶんと早いじゃないか？　三時頃に来るというからびっくりしたんだ」

「いろいろありまして」

「そうか。まあ、こっちへ座って」

幸夫は座卓の前で胡坐《あぐら》をかいて座っていた。悟はその向かいに正座した。ちょうどそのとき、多恵がお茶を持ってやってきた。

「どうも、いらっしゃい」

多恵は乾いた声で言った。幸夫に言わされているようだった。悟は軽く頭を下げた。

多恵は二人の前にお茶を置くと、幸夫の隣に座った。

「母さん、ここにいるのはいいが、話の邪魔はしないでくれよ」

幸夫に釘を刺された多恵は、

「はいはい」

と不満そうにうなずいた。

幸夫は悟に視線を戻した。

「悟くん、わざわざ来てもらってすまなかったね」

「いえ」

「どうだい。仕事は順調かい？」

悟はどう答えようか迷った。

「まあ、そうですね」

「そうか。それはいいことだ。私たちは相変わらず訴訟の件で忙しくてね。弁護士さんやら警察やらとの話し合いでバタバタしているよ」

訴訟について長く話す幸夫の袖を多恵が引っぱった。それがどういう意味か、悟には分かった。

「待ちなさい。そう焦るな」

と幸夫は多恵に言って、悟に聞いた。

「悟くん、今日来てくれたのは、裕太のことでだろう？」

本題に入ると悟は少し緊張した。彼は一拍置いてうなずいた。

「はい、そうです」

「あれからもう何日が経ったかな。どうだい？　裕太と暮らしてみて」

悟は苦笑した。

「いろいろ、大変です」

「そうだろう」

と幸夫は腕を組んだ。

「男一人で育てるのは大変だよな」

悟は幸夫の次の言葉を待った。

「それで、どうかな」

幸夫は突然緊張した声の調子に変わった。

「この前言ったこと、考えてくれたかな」

二人の期待に満ちた視線が注がれる。悟は一息吐いて、言った。

「あれからいろいろ考えまして、裕太のことは、もう少し時間をいただこうかと」

あの晩から今日まで悩んだ結果だった。正直、自分でもこの決断は意外だった。仕事のことで自棄になり、弱っていたときに裕太に優しくされたので心が動いたのか、それとも宮前春子の説得があったからか、それは自分でも曖昧《あいまい》である。だから、もう少し裕太と一緒に暮らしてみてもいいかな、という程度であるが、不思議とそう思ったのである。

彼の決断に二人は驚き、慌てた様子を見せた。すかさず幸夫が待ったをかけた。

「いやしかし、君には仕事があるだろう。大丈夫なのかね」

　横から多恵が入り込んだ。

「そうですよ。仕事をしながら裕太を育てるなんて無理に決まってます。特にあなたはいつも帰りが遅いんでしょう？　裕太が可哀想です」

　悟は正直に答えた。

「実は部署を替えられまして、今までのように極端に遅くなることはなくなったんです」

　多恵がかん高い声を上げた。

「でもね、あなたに家事ができますか？　何もできないじゃありませんか」

「それは、覚えていけば何とかなるかと」

「何とかなりますって、あなたね、子育てはそんなに甘くないんですよ。この十数日で分かったでしょう」

「分かっています。でも、もう少し様子を見てみようかと思うんです」

「そんな簡単に言って！　もう少しっていつまでですか？　そんな曖昧な答えじゃ、裕太が可哀想でしょ」

　悟と多恵のやり取りを聞いていた幸夫が静かに口を開いた。

「悟くん、正直なところ前の話し合いでは、すぐにでも裕太を預けるつもりだったろう？　急にそう思ったのはなぜかね？」

悟は考えるような眼差しになった。

「どうしてでしょうか。僕も意外なんです」

多恵は幸夫の袖をグイグイと引っぱった。

「私は反対ですよ。この人に裕太は育てられませんよ。全てを亜紀に任せて、自分は仕事ばかりの人だったんですよ。一度も裕太の面倒を見たことがないって、亜紀が言っていたじゃないですか。そんな人には任せられません。一刻も早く裕太を預かるべきです」

幸夫はしばらく言葉に詰まっているようだった。

「しかし、悟くんがそう言っているんだから仕方あるまい。彼の言うとおり、もう少し様子を見てみようじゃないか。私たちよりも、父親と暮らすほうが裕太にとってもいいだろうしな」

「でも、裕太の気持ちはどうなんですか？　私たちと暮らしたいに決まってますよ」

「いや、別にそうとは言ってません」

悟も遠慮はしなかった。

「納得できませんよ。てっきり私は明日にでも裕太がうちに来ると思っていたのに」

幸夫は興奮する多恵をなだめた。

「いい加減にしないか、母さん」

幸夫は言って、悟に視線を戻した。

「悟くんがそう言っているんだ。任せてみようじゃないか」

「私は許しません！」

多恵は叫んで部屋を出ていった。幸夫はやれやれと溜息を吐いたあとで言った。

「しかし、君がそう言い出すとは驚いたな」

悟はどう返したらよいのか分からなかった。幸夫はとたんに真顔になって言った。

「だが悟くん、確かに母さんの言うとおり、父親一人で育てるのは、口で言うほど甘いものじゃないと思う。それは君が一番分かっているだろ。もし自分一人じゃ無理そうなら、いつでも言ってくれよ。力になるから」

悟は幸夫に頭を下げた。


自宅マンションの三階についた悟は立ち止まった。幼稚園から帰ってきた裕太と、バスが来る時間に合わせてやってきた宮前春子が玄関前にいたのだ。彼女はいつもの小さなバッグの他に、なぜかボストンバッグを持っていた。

悟の姿に気づいた春子は意外そうな顔をした。

「ずいぶんと早いんですね」

「ああ、ちょっとな」

春子は、悟がつい先ほどまで亜紀の実家にいたことを知らない。

悟は鍵を開けて部屋に入り、鞄を置いた。春子は裕太が被っている黄色い帽子と、黄色い鞄を取ってやった。

「こんな早くに帰ってくるなんて、また何かあったんですか？」

悟はここで言うことにした。

「さっき、妻の実家に行った」

とたんに彼女の顔が真剣なものに変わった。悟と春子は真っ直ぐに見つめ合った。

「裕太のことは、もう少し時間をくれと言ってきた」

その短い言葉だけでも彼は緊張した。

悟がそう言うと、春子は安心したような笑みを見せた。

「そうですか。そう思うようになっただけでも大きな進歩です。裕太くんに対する気持ちが変わってきている証拠ですよ」

悟は苦笑した。

「向こうには絶対に無理だと反対されたがね」

「そんなことはありません。自信を持って」

「自信を持てと言われてもね」

「大丈夫です。私がお手伝いしますから」

春子はそう言うと、裕太の目線まで屈み込んだ。

「良かったね裕太くん。これからずっとお父さんと暮らせるんだよ」

そこまでは言っていない、と否定しようとしたが、それよりも裕太の反応が気になった。裕太はニコリと笑った。

「うん」

裕太の頭を撫でた春子は「よし」と気合いを入れて立ち上がった。

「森さん、今日から大変ですよ。食事に掃除に洗濯。全部あなたがやるんです。ちゃんとできるまでビシビシいきますよ。覚悟してくださいね」

悟は面倒臭そうに言った。

「別にあんたがいなくても俺は」

春子は悟の言葉を遮り、ピシャリと言った。

「ダメです！　私がいなくなったらどうなることか。裕太くんは毎日コンビニ弁当。お風呂にも入れさせてもらえない。気づけば家はゴミの山……」

「うるさい。もういい」

春子は「あ、そうだ」と何か閃《ひらめ》いたようだった。

「今日から私、ここに泊まることにします」

春子は簡単に言った。有無を言わせないような言い方だった。突拍子もない考えに

悟は驚き、

「な、何だと？」

と思わず声が裏返った。彼は、春子が持っていたボストンバッグの意味を知った。

そのつもりでホテルから持ってきたのである。

「だってそのほうが便利でしょ。毎日のホテルの宿泊代もバカにならないし。正直、もうあまりお金がないんです。ここ数日の裕太くんの食費は私が払っていたんですからね」

恩着せがましい女だと思いながらも、文句は言えなかった。しかし家に泊まることはもちろん許していない。

「貯金があるだろう貯金が。それでホテルに泊まれ」

春子は年に似合わず舌を出した。

「恥ずかしいんですが、あまり貯金もないんです」

「だったら帰るしかないな。君は確か、新潟だったな」

彼女はそれは絶対に承諾しなかった。

「いいえ、帰りません」

悟と春子は睨み合った。彼はふと、裕太の視線に気づいた。裕太は二人のやり取りを楽しそうに見ていた。本気のケンカでないことは子供にも分かるようだった。

春子も裕太に気づいた。

「ほらほら、裕太くんに笑われてますよ」

「お前が言うな」

春子は笑顔で裕太に聞いた。

「裕太くん、おばさん、しばらくここに泊まってもいいわよね？」

裕太は迷うことなく歓迎した。

「うん、いいよ」

彼女は悟に勝ち誇った顔を見せた。

「裕太くんはこう言ってますが」

「だったらなんだ。ダメなものはダメだ」

「でも、裕太くんの許可はもらいました。亜紀さんの部屋が空いてるんで使わせてもらいます」

悟は怒りを通り越して呆れた。

「勝手なことを。どこまで図々しいんだ君は」

「まあまあ、いいじゃないですか。それより、ちょっと早いですが裕太くんとお風呂に入っちゃってください」

そう言って、彼女はキッチンに設置されている『追いだき』ボタンを押した。

「お風呂から出たら、早速食事の準備をしますからね。いいですね?」

「おい、話をそらすな」

「いいから、いいから」

春子は悟の背中を押して風呂場に連れていった。裕太と目が合った悟は、ぎこちない口調で聞いた。

「一緒に、入るか?」

裕太は、少し戸惑った様子を見せたが、うなずいた。

「うん」

「じゃあ、脱いで」

悟に言われたとおり、裕太は服を脱いでいく。春子はそれを見て安心したのか、洗面所を出ようとした。

悟は声をかけた。

「おい、どうして君はそこまで熱心なんだ」

春子は、やれやれというように溜息を吐いて言った。

「だから何度も言ってるじゃないですか。亜紀さんとの約束があるからです。個人的に、裕太くんが心配というのもあります」

このとき、悟は改めて思った。やはりこいつはおかしな女だ。そして苦笑しながら風呂に入った。

裕太と風呂に入るのは初めてのことだった。息子と一緒に湯船につかるなんて、考えてもいなかったことだ。だから違和感があるし、妙に緊張した。

裕太は湯船の中で水を飛ばして遊んでいる。悟はどう接したらよいのか困った。

裕太の手の動きを見ていると、

「こうやるんだよ」

と教えてくれた。そういう意味で見ていたわけではなかったのだが、悟は真似してみた。しかしあまり遠くまで飛ばない。彼は無意識のうちに何度も挑戦しており、のぼせそうになってきた。浴槽を出て身体を洗おうとすると、裕太も湯船から出てシャンプーハットを被りだした。しかし自分では洗おうとはしない。この場合、どうしたらよいのだろうかと悟は考えた。

「頭、洗うんだよな？」

と聞くと裕太はうなずいた。だがやはり裕太は動こうとはしない。これは、洗ってほしいという合図だろうか。悟はそうとらえ、シャンプー液を手の平に伸ばし、裕太の髪を洗った。初めての作業に力が入ってしまい、

「痛い」

と裕太が洩らした。悟はびっくりして手を離した。今度は力を弱めて優しく洗ってやった。手の動きはぎこちなかったが、何とか洗うことができた。

頭にお湯をかけて泡が全部流れると、裕太はシャンプーハットを取った。頭を振って水を飛ばした裕太はすっきりしたというような顔を見せた。

「身体、洗うか？」

悟はいちいち聞いた。裕太は、身体は自分で洗えるらしく、スポンジを濡らしてその上にボディソープを垂らし泡立てた。

裕太は慣れた手つきで洗っていく。しかし、背中に手が届かないらしく困っている。

「洗ってやろうか？」

と聞くと裕太はスポンジを渡してきた。悟はシャンプーのときと同じように優しく背中を洗ってやった。

ついでに膝の裏まで洗ってやると、裕太はこちらを振り返り、

「貸して」

と手を伸ばしてきた。悟はスポンジを渡した。すると裕太は、悟の背中を洗い出した。悟も自分では手が届かないと思っているらしかった。

力は弱く物足りないが、悟は、

「あ、ありがとう」

とお礼を言った。息子に背中を洗ってもらうなんて想像すらしていなかった。悟は何だか恥ずかしくなり、顔を赤らめた。

風呂から出た悟は裕太の髪を乾かし、自分でパジャマを着替えさせて脱衣所から出た。

「どうでしたか? 裕太くんとのお風呂は」

春子がキッチンから聞いてきた。悟は、

「ああ」

と曖昧に答えた。

「さあ、じゃあこっちへ来てください。休んでいる暇はありませんよ。今度は夕飯を作るんです」

だが、風呂から出たばかりの悟はキッチンに行く気になれなかった。

「少しあとにしないか。タバコの一本くらい吸わせてくれよ」

そう言って自分の部屋に戻ろうとする悟の腕を、春子は強く引っぱった。

「ダメです。いきなり疲れてどうするんですか。これからは裕太くんのために、一人で全部できるようにならなければいけないんですよ」

春子は悟をグイグイと引きずっていく。彼はとうとう根負けした。

「分かった分かった。やればいいんだろ」

「そう、それでいいんです」

二人はキッチンに立った。しかし悟は何をしたらよいのか分からない。

「まずはエプロンをつけてください」

春子は亜紀のエプロンを渡してきた。花の絵柄が入った白のエプロンだ。

「いいよこんなもの。恥ずかしい」

「いいからいいから」

春子は強引にエプロンをつけさせた。

「料理をする前に、手を洗ってください」

悟は嫌々手を洗った。

「いいでしょう」

と彼女は偉そうに言った。

「今日は、簡単な物を作ります。少しずつ覚えていってください」

「はいはい」

「森さんは、お米の研ぎ方、炊き方を知ってますか?」

悟は、バカにするなというように鼻を鳴らした。

「できるよそれくらい」

「そうですか」

春子はそう言って、米櫃《こめびつ》から適量のお米をボウルに入れて、悟に渡した。

「じゃあ、お願いします」

ボウルを受け取った悟は、どうしたらよいのか分からず、突っ立っているだけだった。

「できないんですか？」

と春子は聞いてきた。悟はボウルを押し返した。

「ああ、できないよ！」

彼女は呆れるように言った。

「お米を研ぐことすらできないんですか」

一人暮らしの経験は長いが、バイトや勉強に明け暮れていたので、食事を作る時間と余裕はなく、毎日がコンビニ弁当だった。

「ああ、悪かったな」

「じゃあこれから教えます。見ててください」

春子はボウルに水を注ぎ、濁った水を捨てて再び水を入れた。そして、手の平で米を研いだ。

「いいですか？　こうやるんです」

悟は面白くなかったが、黙って見ていた。また濁った水を捨てた春子は、悟にボウルを渡した。

「じゃあ同じようにやってみてください」

しかし悟はどうしたらよいのか迷った。

「水を入れるんです」

悟は言われたとおりに水を入れ、春子と同じように米を研いだ。

「力を入れすぎてはダメですよ」

「分かってるよ。口出しするな」

米研ぎが終わると、春子はお米を炊飯器に移し、蓋《ふた》を閉めた。

「研いだお米を入れたら、水をお米に対応する分量だけ入れて『炊飯』のボタンを押します」

と言ってボタンを押した。

「ご飯が炊き上がるまで、おかずを作りましょう」

「まだやるのか」

悟はうんざりしたような声になった。

「当たり前でしょ。ご飯だけじゃどうしようもないでしょ」

「おかずは買ってくればいいだろ」

「またコンビニですか？　それじゃあ栄養が偏《かたよ》ります」

「スーパーに総菜とか売ってるだろ。あれでいいじゃないか」

「もちろん、いいでしょう。でも手料理だって大事です。毎日お総菜じゃ裕太くんが可哀想でしょ？」

悟はこれ以上言い合っても無駄だと思った。

「で、何を作るんだ」

「今日は基本中の基本。焼き魚と卵焼きとホウレンソウのおひたし、時間もあることだし、お味噌汁も作ってみましょう」

「そんなに作れるかよ」

と悟は文句を言った。

春子は、

「作れます」

と言いきった。

「私のやること、ちゃんと見ててくださいね」

彼女は自分で買ってきた秋刀魚《さんま》と卵、ホウレンソウ、そして味噌汁に入れるワカメを冷蔵庫から取り出し、鍋に水を入れて火にかけた。もうすっかり自分の家のようにキッチンを使いこなしている。

「まずはお湯を沸かします。なぜか分かりますか？」

春子はバカにするように聞いてきた。

「ホウレンソウを茹《ゆ》でるためだろ。それくらい分かるよ！」

「では、秋刀魚を焼きましょう」

彼女はグリルを開けて、その中に秋刀魚を三尾並べた。

「火をつけて、焼き上がるのを待ちましょう」

悟は返事をしなかった。それくらい俺にだってできると思った。

「問題は卵焼きですね。作ったことありますか？」

記憶にはなかった。黙っていると、春子は呆れたように笑った。

「卵焼きも作ったことないんですね」

「うるさい」

「まあいいでしょう。ではこれから私が、私と裕太くんの分を作ります。自分の分は、自分で作ってください」

春子はフライパンに油を引き火をつけた。そして、慣れた手つきで卵を割り、スムーズに卵焼きを作っていく。アッという間に一つ目が完成し、すぐに二つ目も出来上がった。

「じゃあ、自分の分をお願いします」

悟はフライパンの前に立ち、油を引いた。そこまではよかったのだが、卵はうまく割れないし、割れたと思ったら殻が入ってしまうし、卵焼きのはずがスクランブルエッグになってしまうし、と散々な結果だった。

グチャグチャになった卵を見て、春子はやれやれと首を振った。

「最初は目玉焼きのほうが簡単でよかったですかね。これくらいできると思ったんですが、まあ仕方ありませんね。徐々に慣れていってください」

悟は聞いていないふりをしていたが、内心、悔しかった。しかし途中で放り出すことはしなかった。放り出せば春子に負けたことになる。それは許せなかった。同時に、彼女のペースにはまっていることに悟は気づいていた。

最初に火にかけた水がようやく沸騰《ふっとう》してきた。

「じゃあ、ホウレンソウを茹でましょう。塩を少し入れてから洗ったホウレンソウを入れます。ほら、すぐにまた沸騰してくるでしょう。そうしたらひっくり返して、はい、出来上がり。すぐに水に入れて水気を絞って、食べやすい大きさに切って、おかかをかけるんですよ」

春子は鍋に再び水を入れて火にかけた。

「じゃあ最後にお味噌汁を作りましょう」

彼女はそう言って、冷蔵庫から出した味噌を適量お湯の中に入れ、さらにインスタント出汁を入れた。

「いいですか？　分量を見ててくださいね」

悟は、返事はしないが春子の手を見ていた。彼女は味噌をゆっくりと溶いていく。最後に切ったワカメを入れ、何度も味を見ていた。

「こんなところでいいかしらね」

そう言って火を止めると、味噌汁をお椀によそっていった。

春子は後ろで見ていた裕太に声をかけた。

「裕太くんお待たせ。ご飯できたわよ」

裕太は嬉しそうにダイニングテーブルに走っていった。


悟はすでにご飯を口に入れていた。

「いただきますを言う前に食べないでください。裕太くんが真似しますよ」

注意された悟は、

「はいはい」

と流した。

「まったく」

春子はまだ何か言いたそうだったが、裕太に笑顔を向けた。

「じゃあ裕太くん、いただきます」

「いただきます」

裕太はそう言って、卵焼きから口にした。

「どう裕太くん？」

「美味しい」

「そうよね。それはおばさんが作ったやつだから美味しいわよね」

悟はムッとなったが相手にしなかった。

「どうですか、森さん。家族で食べるご飯は美味しいでしょ？」

「まああかな」

「それと、少しは主婦の大変さが分かりましたか？」

悟は強がった。

「大したことないね」

「そうですか。まあいいでしょう。明日からはもっと大変ですよ。掃除、洗濯、買い物、炊事、それと裕太くんのバスの送り迎えもしてもらいますからね」

あまりにうるさいので悟は耳を塞ごうかと思った。

「分かった分かった」

「本当に分かってるんですかね」

食事を終えた悟はイスから立ち上がった。そして部屋に行こうとしたのだが、春子がそれを許さなかった。

「待ってください。自分の食器はちゃんと洗いましょう」

悟は立ち止まり、舌打ちして食器を洗い、注意される前にそれらを拭き、棚にしまった。

「これで文句はないだろう」

「はい、いいでしょう」

悟は部屋に入りベッドに横になり、疲れたというように息を吐いた。

ようやく長い一日が終わったという思いだった。こんな毎日が続くのかと考えると気が遠くなりそうだった。しかし、全ては自分で選んだことである。これくらいは覚悟していた。それに、あの女に負けたくないという気持ちもある。

ようやく自分の時間ができた悟は、本を読んだり、ニュースを観たりして過ごした。

十二時を過ぎた頃、部屋の扉がノックされた。

「はい？」

返事をすると、パジャマに着替えた春子が入ってきた。その姿に悟は目を丸くした。

「今日はお疲れさまでした」

「おい、本当に泊まるつもりか」

「はい。亜紀さんのパジャマお借りしました」

そういえばそうだった。やや小さそうではあるが亜紀のものである。

「まったく君は何を考えているんだ」

「別の部屋で寝るんです。いいじゃありませんか」

「当たり前だ」

「変なこと考えないでくださいね」

悟は顔を赤らめた。

「ふざけるな」

「では、おやすみなさい」

春子は扉を閉めた。悟は溜まっていた息を一気に吐き出した。

図々しいと言うか、神経がず太いと言うか、どちらにせよ自分には理解のできない女である。

まったく奇妙な生活が続いている、と悟は思った。亜紀の友人とはいえ、一度も会ったことのない女と日々を過ごしているのだ。何度も追い出したはずなのだが、今では完全に女のペースにはまっている。挙げ句の果てには泊まるとまで言い出した。いくら妻と約束したとはいえ、これは律儀でも世話好きでもない。ただの勘違いである。

「あの女、そうとう質が悪い」

しかし最初とは違い、何が何でも追い出そうとは考えていなかった。もう勝手にしてくれという諦めの気持ちのほうが強い。そう思わせるくらいに春子は根気強い。いや、執拗《しつよう》と言ったほうが正しかった。

大きな溜息を吐いた悟はテレビの電源を切り、明かりを消した。とにかく明日は早そうである。

しかし、春子が亜紀の部屋にいると思うと変に意識してしまい、悟はなかなか寝つくことができなかった。

12

翌朝、悟は春子に叩き起こされた。時計の針はまだ六時半だった。

彼女はすでに着替えていた。悟は目を擦りながら寝呆けた声で言った。

「まだ裕太を送る時間じゃないだろう」

「何を惚けたこと言ってるんですか。裕太くんのお弁当と朝ご飯を作るんですよ」

悟は眠気に勝てず、枕に顔を埋めた。その刹那、春子に襟をグイッと引っぱられ、首を絞めつけられたようになって悟は咳き込んだ。

「な、何するんだ」

「これくらいしないと起きないでしょ。さあ早くキッチンに来てください」

悟は舌打ちしながらも、キッチンに向かっていた。

彼は寝起きの一服もさせてもらえなかった。春子の指示どおり手を洗い、嫌々エプロンをつけた。

「お弁当は簡単です。あなたも毎朝時間がないでしょうから、冷凍ものでいいでしょう」

「だったらチンして詰め込むだけだろ。教わる必要はない」

「そうですか。じゃあお願いします」

そう言って、春子は悟を観察し始めた。悟は、彼女が買ってきた冷凍食品を冷凍庫から取り出し、説明を読みながら電子レンジに入れた。

「簡単じゃないか」

勝ち誇る悟は出来上がるのを待つ。電子レンジ音が鳴ると、彼は蓋を開け食品を取り出した。しかしここで肝心なことに気づいた。食品を詰める弁当箱がない。春子はそれをわざと用意していなかったのだ。

「さあ早くしてください。時間ないんですから」

彼女は意地悪く言った。

「おい、弁当箱はどこだ」

悟はぶっきらぼうに聞いた。

「あら、一人で全部できるんでしょう？」

悟は乱暴な口調で催促した。

「いいからどこだ！　早く出せ」

春子は呆れたように言った。

「自分の家なんだから、それくらい把握しましょうよ。本当に家のことは何も知らないんですね」

「うるさい」

彼女はキッチンの棚を開け、そこから弁当箱を取り出した。

「どうして私のほうが詳しいのかしらね」

「頼んでもないのに図々しく家のことをやってるからだろ」

さすがにきつかったか、春子は黙ってしまった。

「おい」

声をかけると彼女は首を振った。

「いいんです。どう思われていても気にしませんから。あなたにしたら、ただのお節介ですからね」

春子は寂しく笑った。悟は、気落ちする彼女にどう接するべきか困った。動きを止めていると、春子は手を叩いた。

「さあさあ、手を動かして」

彼女はいつもの調子に戻ったが、二人の間にはしばらく微妙な空気が流れた。

ただ作業は昨夜より順調に進んだ。弁当を作り終えた悟は、朝食の用意に取りかかった。と言っても、米も味噌汁も昨夜の残りがある。作るのはおかずだけで、悟は春子の提案で、ハムエッグに挑戦した。しかし、やはりスクランブルエッグとして食卓に並ぶことになった。

朝食とお弁当の準備ができると、悟は裕太を起こし席につかせ、朝食を食べさせた。食べ終わると歯を磨かせ、服を着替えさせた。裕太はまだ眠そうにしていたが、バスが来る時間が迫っていたので急がせた。その間、春子はじっと観察しており、何度かうなずく場面もあった。

バスが来る三分前に悟と裕太は部屋を出た。髪をセットせずに外に出るなんて久しぶりのことだった。春子は玄関まで見送って、外には出なかった。

マンションから出ると、ちょうど幼稚園のバスがやってきた。様々な動物が描かれたカラフルなバスだ。

バスから降りてきた若い女性は、悟の姿を見て意外そうな顔をした。

「おはようございます」

　悟は軽く頭を下げた。

「あ、どうも」

「裕太くんの、お父様ですよね？」

「はい」

　それを知ると女性は姿勢を正した。

「初めまして。私、裕太くんの担任の東原有希《ゆき》と申します」

　百五十センチそこそこと小さく、おっとりした、頬の赤い、まだ子供のような先生だった。

「どうも」

　東原は裕太の目線まで屈んだ。

「おはよう裕太くん」

　裕太は元気よく挨拶した。

「先生おはよう」

「今日はお父さんと一緒なんだね。よかったね」

「うん」

「じゃあ、バスに乗ろうか」

東原は先に裕太をバスに乗せた。

立ち上がった東原は、急に厳しい顔つきになった。

「お父さん、余計なお世話かもしれませんが、もう少し裕太くんのことを考えてあげてください」

今日くらいしか機会がないと思ったのか、東原は勇気を振り絞って言ったようだった。

「送りに出てこられたのは今日が初めてですし、授業参観や、その他の行事だって一度も参加されたことがないじゃないですか」

「はい。そうですね」

悟は、幼稚園の先生にまで言われるとは思っていなかった。

「それと」

東原は声を顰めて聞いた。

「これこそ余計なお世話ですが、最近、送り迎えにこられる親戚の方いらっしゃいますよね？」

「親戚？」

聞き返した悟は、しまったと思った。宮前春子のことである。彼女は東原に、自分は親戚と言っているらしかった。

「あ、ああ。はい」

「奥さんが亡くなられたばかりなので、お父様もお忙しいようですが、なるべくならお父様が裕太くんの送り迎えをしてあげてください。子供というのはよく見てるものですよ。忙しいからといって、面倒臭がらないであげてください」

「はい、分かりました」

「それよりも」

東原はまだあるらしかった。

「何か？」

「本当に親戚の方なんですか？　私どこかで見た気がするんですが、気のせいでしょうかね？」

「どこかで？」

恐らく、亜紀と一緒にいたところを見たのだろうが、東原の口調はそんな感じでもない。

彼女は勝手に結論づけた。

「気のせいですね」

「では、お願いします」

「はい。お預かりします」

バスに乗ろうとした東原はまた何かを思い出したように振り返った。

「あ、そうだ」

「まだ何か？」

悟は少し面倒臭そうな声になった。

「今週の土曜日、運動会があるんです。今年はぜひ、いらしてください。お待ちしています」

悟は、バスの中からこちらを見ている裕太と目が合った。彼は東原にうなずいた。

「分かりました」

「では」

裕太を乗せたバスは去った。

「運動会か」

と悟はつぶやいて部屋に戻った。

部屋に着くと早速、食器洗いが待っていた。しかし、それよりも悟は言いたいことがあった。

「あの先生に、親戚だと言ったろ」

春子はあっけらかんと認めた。

「ええ、言いました」

「どうしてそういう嘘をつくんだ」

「だってそう言うしかないでしょ？　亜紀さんの友人と言ったら変な目で見られるだろうし。そもそも、裕太くんの送り迎えをさせたのはあなたですよ」

　そう言われると言葉がなかった。

「まあいい。それと」

「それとなんです？」

「今週の土曜日、運動会があると聞いた」

「そうみたいですね。もちろん、行くんですよね？」

　悟はスポンジで食器を擦りながら答えた。

「少し恥ずかしいけどな。行ってみようかと思う」

「裕太くん、喜びますよ。私も行こうかしら」

「勝手にしろ」

　今日は春子と裕太の食器まで洗わされた。それが終わると次は掃除が待っていた。春子は基礎からみっちり教えていった。まずは掃除機の使い方から始まった。次は各部屋の掃除に移り、家具や電化製品の汚れ取りまでやった。一番苦痛だったのはトイレ掃除だ。悟は目を瞑《つぶ》りながらやった。そして最後は窓拭きだった。ついでにサッシの掃除までやらされた。

一通りの掃除が終わっても悟は休む時間を与えられなかった。今度は二人で近くのスーパーに買い物に出た。夕食の食材が切れたのだそうだ。

店に入ると彼女は聞いてきた。

「裕太くんの好きな食べ物、知ってますか？」

そう言えば知らなかった。

「ハンバーグとか、スパゲティとか、カレーだろ」

悟は適当に答えた。そんな彼に春子は冷たい目をした。

「全部違います。グラタンだそうですよ」

「グラタンねえ。凝った物が好きなんだな」

「だから今日は裕太くんのために、グラタンを作ってあげましょう」

悟は自分を指差した。

「俺がか？」

「もちろん。私が教えます。言っておきますが、冷凍食品は買いませんよ」

「はいはい」

悟がカゴを持ち、春子が説明しながら食材を入れていく。このとき、彼はふと思うことがあった。

「そういえばあんた、結婚してないのか」

春子はタマネギの大きさを比べながら答えた。

「していません」

「あんた、年は？」

「三十八です」

女は年齢よりも老けて見えた。

「だったら早く結婚したほうがいいね。俺たちに構ってないでさ」

春子はクスッと笑った。

「何だ？　何がおかしい」

「心配してくれてるんですか？」

「何言ってる。早く出ていってほしいだけだ」

彼女はまた笑った。

「じゃあ、結婚は考えときます」

必要な食材を買った二人はマンションに戻り、簡単な昼食を摂った。その一時間後、今度は洗濯が待っていた。悟は洗濯機の使い方を教わり、春子の指導を受けながら洗い終わった物を干していった。

洗濯が終わるとようやく休憩を取ることができた。しかし、悟に与えられた時間はほんの一時間だった。一時間後に裕太が帰ってくる。同時に夕食の準備もしなければならなかった。

悟はグッタリとベッドに横たわった。慣れない仕事に疲れたので少し仮眠を取ろうと思った。が、何せこんな昼間に寝たことがない。二時といえば、ようやく仕事の調子が出始める頃である。寝られるはずがなかった。

それよりも、小腹が空いたなと悟は部屋を出た。すると、春子がリビングで何か作業をしていた。どうやらノートに書き物をしていたらしい。

「何してるんだ」

声をかけると、彼女は青いノートを閉じて言った。

「料理のレシピを書いてるんです。いつまでも私が教えるわけにはいきませんからね。あなたが困ったときのために」

悟は鼻で笑った。

「そんなもの必要ない。一度やれば覚えられる」

「それならいいんですがね」

そう言って彼女は再びノートに向かった。

そこに、電話がかかってきた。

「電話ですよ」

「分かってるよ」

悟はうるさそうに言って受話器を取った。

「もしもし、森ですが」

「私、福島県警の谷口《たにぐち》という者ですが」

男の声だった。喉の調子が悪いのか、ガラガラ声である。

「福島県警？」

まさか警察から電話がかかってくるとは思っていなかったので、悟は緊張した。

「森悟さんでしょうか？」

「はあ、そうですが」

警察が何の用があるというのか。

「先日、奥さんが被害に遭われた、列車事故の件でお電話したんですがね」

それは容易に想像がつく。しかしその先の見当がつかなかった。

「何でしょうか？」

谷口という男は、何度か咳をしてから説明した。

「事故から十日後でしたかね、列車の中から、ある指輪が見つかりましてね」

「指輪が、ですか？」

悟は幸夫の言葉を思い出した。そう言えば遺品を見せてもらった際、亜紀の指輪が見つかっていないと言っていた。

話の流れからすると亜紀の指輪が見つかったのであろう。しかし悟はここで一つ疑問を抱いた。これまで事故関連の報告を受けたり、やり取りを交わしていたのは悟ではなく幸夫たちだった。悟を身内と認めていない多恵が、鉄道会社や警察に直接連絡を取らせなかったのであろう。いや、そう考えて間違いはない。

だから彼は夫であるにもかかわらず、間接的に報告を受けていただけだった。

なのに今回に限ってどうしてこちらに連絡があるのか。

「その指輪の裏には、『AKI to SATOSHI』とローマ字で彫られていましてね」

思案の途中で気になるフレーズが出てきたので、悟は話を止めた。

「ちょっと待ってください。『SATOSHI to AKI』ではなくてですか?」

谷口は悟の反応を予測していたようだった。

「ええ、そうなんですよ」

悟は一瞬混乱した。それはアキからサトシに贈られた指輪ということである。しかし冷静に考えれば大したことではなかった。どうしてそんな指輪が出てくるのか。考えられるのは一つだった。

「それは、私の物ではありませんね。偶然の一致じゃないですか?」

そう言うと谷口は怪訝そうな声の調子になった。

「そうでしょうかね。あの電車に乗っていた人の中に、悟さんという方はいらっしゃらなくて、頭を抱えていたんです。しかしふと、亡くなられた方の中に森亜紀さんという方がいることに気づきましてね。調べると、森亜紀さんの旦那さんの名前が悟さんというじゃありませんか。まさか自分以外の指輪を持っているなんて考えが及びませんで、ここまで辿り着くのに時間がかかってしまったんですが……違うでしょうか？」

「違いますね」

「ちなみに指輪には『2003.12.4』とも彫られているんですがね」

その数字を聞いた悟の心臓に波が起こった。妙に引っかかる年数である。

「二〇〇三年、ですか？」

「ええ、確かにそう彫られています」

悟は目を閉じ、亜紀と結婚した年を思い出す。しかし記憶が曖昧ではっきりとは思い出せない。

「ちょっと待ってください」

悟はそう言って受話器を置いた。その指輪が自分のか、そうでないか、調べれば分かることだ。

悟は自分の部屋に入り、タンスを開けて小さな指輪ケースを手に取った。亜紀が家を出ていったその日、指輪はこの中にしまったのだ。

悟はケースを開いた。その瞬間彼は「そんなバカな」と声を洩らした。

指輪がない。ここにしまったはずの指輪がないのだ。

それはなぜか。いくら思索《しさく》しても他の可能性は見つけられなかった。

亜紀が指輪を持っていった。そうとしか考えられなかった。亜紀は自分の留守中に、マンションにやってきた……⁉

しかし、なぜ亜紀は指輪を持っていったのか。それが最大の謎だ。いくら考えても答えは見つからない。

ケースの中に指輪がないのは紛れもない事実だが、それでも彼はまだ信じられなかった。

悟は何かに取り憑かれたように電話に戻った。

「もしもし、今調べたんですが、指輪がないんです」

悟とは裏腹に、谷口は明るい声になった。

「そうですか。ではやはり、あなたの指輪でしたか」

「いやしかし、なぜそこに自分の指輪があるのか――」

悟は納得ができず、もう一度確かめた。

「本当に、『AKI to SATOSHI』と彫られているのでしょうか」

「ええ、間違いありません」

悟は肝心なことを思い出した。

「そうだ、その指輪には、小さなダイヤが内側に埋め込まれてますか？」

これが最後の確認だった。

「はい、確かにあります」

悟は認めざるをえなかった。名前といい、年数といい、デザインといい、その指輪は自分の物だ。

「そうですか」

「お手数ですが、受け渡しの際、手続きが必要となりますので、福島県警まで引き取りに来ていただけますでしょうか」

「分かりました。では早速、明日伺います」

悟は了解した。

「お待ちしています」

受話器を置いた悟は、春子に声をかけられた。

「どうしたんですか？　そんな難しい顔をして。指輪がどうかしたんですか？」

悟はまだ虚《うつ》ろな目つきだった。

「何が何だか分からん。亜紀の乗っていた電車から、なぜか俺の指輪が見つかったらしい。明日の朝、福島に行ってくる」

13

福島県警からの突然の報せを受けた翌朝、悟は春子に裕太を任せて家を出た。気持ちの良いほど空は綺麗に晴れ渡っているが、彼の心には靄《もや》がかかったたままだった。

東京駅から復旧直後の新幹線に乗った悟は、窓に顔を向けてはいるものの景色は目に入っていなかった。福島に着くまでの一時間半、彼は亜紀の不可解な行動を推理してみた。しかし、なぜ彼女が指輪を持ち出したのか、様々な可能性を考え、組み立ててみたがしっくりこなかった。

一体動機は何だったのか。悟は死んだ亜紀に何度も問うた。

JR福島駅に着いたのは正午だった。懸命な復旧活動が続けられているが、あの悪夢からはまだ日が浅い。地震直後と比べても、街の風景にはそう変わりはなかった。この様子だと復旧にはまだまだ時間がかかりそうである。

県警本部に到着した悟は一番近くにあった交通課の女性警官に、「谷口さんをお願いします」と頼んだ。すると女性は少々お待ちくださいと言って立ち上がり、階段を上がっていった。

しばらくすると、制服を着た五十代前半と思われる大柄な男が階段を下りてきた。頭は禿《は》げているが、薄い髪とは対照的に、顔中髭《ひげ》だらけのクマのような男だ。

「森さんですか？」

ガラガラ声が聞いてきた。悟は、彼が谷口だと確信した。

「はい」

谷口は顔には似合わず、丁寧な挨拶をした。

「初めまして谷口と申します。このたびは遠路はるばるご苦労さまでした」

「いや、どうも」

「さあ、ここでは何ですので、こちらへ――」

悟は一階の個室に連れていかれた。谷口は部屋に入る際、通りがかった女性警官に
「お茶を持ってきてくれ」と頼んだ。

「さあ、おかけになって」

机一つにパイプイス二つといった殺風景な室内に通され、悟は取調室を思い浮かべた。

しばらくするとお茶が運ばれてきた。谷口は温かいお茶をズルズルとすすったあと、

話し始めた。

「疲れたでしょ？　何時間くらいかかりました？」

「いえ、たった一時間半です」

「そうですか。早いもんですね」

谷口は頭を下げた。

「どうですか、東京はまだ寒いというほどではないですかな？」

「はあ、そうですね」

「こっちは寒いでしょ？」

そう言えばそうだな、と思った。亜紀の不可解な行動に意識が集中していたので、東京との気温差には気づかなかった。

「地震の直後にこの寒さでしょ？　福島県民は参っております」

「はあ」

「国がもう少し復旧活動に力を入れてくれたらいいんですがね。家を失くしたお年寄りたちは今も避難所暮らしでね、可哀想で見ていられません」

「そうですね」

悟は調子を合わせていたが、内心、いつ本題に入るのか待っていた。

「しかしあなたも大変でしたな。その若さで奥さんを亡くされるとは、本当に何と言ったらよいか」

「いえ」

ようやく指輪の話になるのかと思いきや、谷口は違う方向に話を向けた。

「救いだったのは、お子さんが助かったことですな」

「はい」

「資料を見ましたところ、お子さんはまだ四歳だそうで」

「そうです」

谷口は気の毒そうな顔をした。

「それは可哀想だ。四歳といえば、一番母親が恋しい年頃じゃないですか」

「まあ、そうですね」

「これから奥さんの分まで大変ですな」

谷口は一向に本題に入る様子がないので、悟は遠慮がちに言った。

「あの、谷口さん……」

谷口は一瞬ポカンとした顔になったが、すぐにハッとなり、席を立った。

「すみません。指輪のことを忘れていました。すぐに持ってきます」

谷口が部屋から出ると、悟はやれやれと息を吐いてタバコを吸った。

数分後、谷口がファスナー付きのビニール袋を持ってやってきた。

「これなんですが――」

谷口は先ほどまでとは違い、真剣な口調でそう言って、ファスナーを開いた。

悟は指輪を手に取った。事故の影響でところどころ深い傷がついてしまっているが、内側に彫られた名前と結婚した年はしっかりと確認できる。間違いなく悟のものだった。しかし、こんな形で指輪を再び手にするとは思ってもいなかった。

「どうですか？」

谷口に聞かれた悟は、

「私のものです」

と認めた。

その言葉に谷口は安堵した様子だった。

「そうですか。それはよかった」

「しかし、どうして自分の指輪がここにあるのか、不思議でなりません」

「そりゃ、奥さんが持っていたからでしょうね」

「もちろんそうなんですが、なぜ妻が指輪を持ち出したのか……」

指輪をじっと見つめていると、

「森さん」

と声をかけられた。

「はい」

谷口は眉間に皺を寄せて言った。

「指輪と言えば、思い出したことがあるんですがね。資料によると、事故が発生する少し前、先頭から二番目の車両で、ある女性が『指輪を拾いませんでしたか』と数人に聞いて回っていたそうなんです。これは実際にその女性から尋ねられた人の証言なので、間違いありません。それが事故直前だったのでよほど印象的だったのか、三人もの乗客が、その女性のことを話しています」

悟は自分の持っている指輪を見た。

「指輪を」

「これは私の推測なんですが、もしかしたらその女性は、奥さんではないでしょうか？」

それは十分あり得ると思った。ふとした拍子で指輪を落とし、捜し回っている最中に地震が起きた……。

「しかし奥さん、わざわざ福島まで何をしに来たのでしょうかねえ」

谷口の言い方はどこか意味深だった。

「どういうことです？」

すると谷口は遠慮がちにこう聞いてきた。

「失礼なことをお尋ねしますが、お二人の夫婦仲はどうでしたか？」

それが指輪とどういう関係があるというのだ。悟はいい気分ではなかったが正直に答えた。

「良くなかったです。別居してました」

谷口は、やはりそうかというように何度もうなずいた。

「それが何か？」

悟は思わず棘々《とげとげ》しい声になった。

「森さん」

彼はまたしても改まった口調になった。

「浄命寺《じょうみょうじ》をご存じですか？」

「浄命寺？」

「ええ、ここから約三十キロほど離れた白川村にある密教のお寺です」

「それが何か？」

この男が何を言おうとしているのか、悟は想像もつかなかった。

「そのお寺には昔から、『指輪御祓《はら》い』というものがありましてね、これは全国でも有名なんですがね」

「指輪御祓い？　知らないな」

と悟は首を傾《かし》げた。

「で、その指輪御祓いとは？」

「簡単に言うと、夫婦の指輪をお寺へ持っていき、住職に御祓いしてもらうんです。四国のお遍路で有名な弘法大師（空海）が、昔このあたりに立ち寄られたときのエピソードに由来すると聞いてます」

悟は小さくうなずいてその先を促した。

「昔、村の若い男女が恋仲になったのだそうですが、身分違いだったため結婚することができず、将来を悲観して湖で入水《じゆすい》自殺をしてしまいました。それを聞いた弘法大師が不憫《ふびん》に思い祈りを捧げると、二人が願いを込めた御札をくくりつけた木に、冬にもかかわらず花が咲いたそうなんです。この木が植わっていたのがそのお寺の境内だそうで、これがめぐりめぐって、指輪御祓いの儀式として定着したそうなんですよ」

悟はその先が何となく読めた。

「それで夫婦関係が修復すると？」

「そう言われています」

悟は鼻で笑った。

「それが本当だったら、日本で離婚する夫婦はなくなるでしょうね」

バカにされたように感じたのか、谷口はムキになって言った。

「信じられないようですが、本当の話です。私の友人も昔、離婚の危機にあったんですが、指輪御祓いをしてもらってからは、夫婦円満です」

「まあ、いいでしょう。それで?」

谷口は冷静な口調に戻った。

「これはあくまで私の考えですがね、奥さんは、指輪御祓いをしに行ったんじゃないですかね」

悟は首を振った。

「それはないでしょう。妻は、私との仲を修復しようなんて考えてもいなかったはずです」

「しかしですね、現に奥さんはあなたの指輪を持っていたし、乗っていた電車の先に浄命寺はあるのですよ。むろん、最寄《もより》駅に着く前に事故に遭われたので、実際のところは分かりませんが、私はそう思うのですがね」

悟はしばらく考えていた。

俺を憎んでいた妻が関係修復を願っていた? 考えられない。それどころか亜紀は離婚を考えていたはずだ。その証拠に、亜紀は家を出ていって以来、一度も連絡をしてこなかった。彼女は夫に嫌気がさし、諦めていたはずである。

しかし、夫の指輪を持って、浄命寺方面の電車に乗ったのは事実なのだ。

そのとき、悟は春子が初めて自宅にやってきた日のことを思い出した。

亜紀は、自分に何かあったら二人を頼む、と春子に言ったという。なぜ突然そんなことを言ったのかは不明だが、常に夫のことが頭にあったということか？

二人の関係が冷え切っていたからこそ、妻は浄命寺に行こうと考えたのだろうか。

いや、しかし……。

「どうです？　思い当たる節はありますか？」

悟は黙ったままだった。谷口は続けて言った。

「もし、本当に浄命寺に行くつもりだったのだとしたら、胸が痛いですな」

悟は谷口の言葉には返さず、肝心なことを聞いた。

「妻の指輪が、まだ見つかっていないそうですが、それらしき物は見つかってませんか」

谷口は残念そうな声で答えた。

「まだ、その報告はありません」

悟はこのとき、不思議に思った。

なぜ自分の指輪が見つかり、妻の指輪が見つからないのか。亜紀は指輪をはめていたのではないのか？　大地震が起きたとはいえ、外れるものではないだろう。もっとも、亜紀が初めから指輪を外していたのなら話は別だが。

「森さん？　どうかしましたか？」

声をかけられた悟はハッと顔を上げた。そして、無意識のうちに谷口に聞いていた。

「谷口さん。そのお寺の詳しい場所、教えてもらえますか？」

14

『浄命寺は、白川村にある三輪山という小さな山を登ったところにあります』

谷口はそう教えてくれた。悟は指輪を受け取るための簡単な手続きを行ったあと、谷口に礼を言って福島県警を出た。

亜紀は浄命寺を訪れてはいない。谷口の言うように、行こうとしていた可能性は確かに高いかもしれないが、その前に事故が起こってしまったので真実は定かではない。だから、お寺に行ったからといって答えが見つかるわけではないし、期待だってしていない。しかしこのまま帰っては、お寺のことが頭から離れそうになかった。時間は十分にあるので、行ってみようと思った。

悟はタイミング良く通りかかったタクシーを停めた。

「浄命寺に行きたいんだが」

そう告げると、運転手は道順を確かめることなく了解した。

「かしこまりました」

車が発車してからすぐ、中年の運転手は尋ねてきた。

「お客さん、こっちの人じゃないでしょ？」

悟は、運転手とバックミラー越しに目が合った。言葉は標準語だが、どこかイントネーションが東京とは違う。

「東京から来たんだが」

「またどうしてこんな大変なときに福島に？　それもわざわざ浄命寺に？」

答えに迷っていると、運転手は谷口と同じようなことを言った。

「もしかして、お客さんも指輪御祓いに来たのですか？」

「いや、違いますよ。ただ見に行ってみようかと」

「そうですか」

「ちなみに、その指輪御祓いというのは本当に御利益《ごりやく》があるんですか？」

運転手は目を輝かせて言った。

「ええ、それはもう。何組もの夫婦が救われたと、有名ですよ」

「へえ」

と悟は興味なさそうに返事した。谷口もこの運転手もそう言うが、信じられる話ではなかった。

「お客さん、結婚は?」

運転手は妻の事故のことなど知る由もない。しかし悟には無神経に聞こえた。

「妻はこの前、死んだよ。今回の地震が原因でね」

すると運転手は「えっ」と声を洩らし「それは、失礼しました」と頭を下げた。その後、細かく尋ねられるのかと思ったが、さすがに気まずくなったのか、運転手は口を開かなくなった。

悟は少し疲れたので目を閉じた。眠れそうだったが、谷口の話と亜紀のことがどうしても頭から離れず、眠ることができなかった。

乗車してから一時間近く経ったろうか、急に車がドスンと揺れた。

目を開けると、悟が眠りから覚めたと思ったらしく、運転手は口を開いた。

「白川村です。少し道が悪いですが、もう少しで着きますので」

村というだけあって、周りは民家や畑や林ばかりである。地震の影響か、車庫が崩れていたり、屋根の瓦が落ちたりはしているが、ここは家が倒壊したり、地面が割れたりするほどの揺れはなかったようである。

タクシーはしばらく川沿いを走った。道は舗装されているが、人影はまったくなく、民家も少なくなっていく。砂利道になると建物は一切なくなり、やがて川も途切れた。

さらに進むと前方に広大な森が見えてきた。しかし車は停まる気配がない。目を凝らすと、細い道が真っ直ぐに延びているのが確認できた。

車は森の中に入った。そびえ立つ樹木が太陽の光を遮断し、車内は薄暗くなった。

「もう少しで到着しますから」

と運転手はまた言った。しかしお寺があるような雰囲気ではない。あたりは樹木ばかりなのである。

「あそこです」

運転手は前方を指差した。悟は身を乗り出した。少し先に、車内からでも頂上が見えるほどの小さな山が確認できた。一瞬、行き止まりではないかと思ったが、よく見ると山には石段があり、入り口には『浄命寺』と彫られた巨大な岩があった。こんな森の奥にあるせいか、悟は異様な雰囲気を感じた。本当にこんな所に、夫婦関係に悩む人々がやってくるのかと思うほど不気味な空気が漂っている。

運転手は石段のすぐ手前でタクシーを停めた。

「到着しました」

悟は帰りのことを考え、運転手に言った。

「すぐに戻ってくるので、待っててもらえますか」

「もちろんです。ここから近くのバス停までだって相当歩きますからね」

悟はタクシーを降りて、山を見上げた。上空にはカラスが飛び回っており、鳴き声がうるさく響く。耳を塞ぎたくなるほどだった。

この気味の悪い山を登りきると、浄命寺がある……。

悟は苔の生えた石段を上っていく。見た目よりも斜度がきつく、すぐに歩く速度が落ちた。しばらく上って顔を上げても、まだお寺は見えてこない。目に映るのは真っ直ぐに延びた階段と、あたりに生い茂った木々だけである。『指輪御祓い』をするには、厳しい道のりを乗り越えなくてはならないということなのか、尋常でない段数であった。

悟は息を荒らげながら上った。疲れては休み、また歩き始めるという調子で進んだ。もうどれだけ上ったか、悟は老人のように腰を曲げて一段一段、地道に進んでいく。上り始めてから十五分ほどが経ったろうか、急に震えるほど冷たい突風が吹いたので悟は立ち止まった。あたりの木々が音を立てて揺れると、カラスが一斉に飛び去っていった。

胸騒ぎを感じた悟は、ふと顔を上げた。すると目に小さな山門が映った。ようやくお寺が見えてきたのである。

悟はひとりでに歩く速度が上がった。足は棒のようになっていたが、それも忘れていた。

しかし、石段を上りきった悟は思わず立ち止まった。山門周辺に二十羽近くのカラスが集まっており、悟を見ていたのだ。カラスの群れを避けながら山門をくぐった悟は、さらに異様な光景を見た。

五十メートルほど先に本堂があるのだが、そこまでに小さな地蔵が左右にズラリと並べられている。よく見ると地蔵は二つで一体となっており、夫婦の姿を表しているようだった。

悟は石畳を歩き、本堂の前に立った。扉が閉められているので中の様子は分からないが、一見普通のお寺である。しかし、目には見えない独特な空気を放っている。

悟はハッと空を見上げた。

空が、厚い雲に覆われていく。

先ほどの突風といい、この天気の変化といい、偶然ではないような気がした。彼は異空間に立っているようだった。

「よくぞここまで参られましたな」

不意に後ろから声をかけられたので悟はビクリとなった。そこには、まだ四十代前半と思われる男が立っていた。品のある優しい顔立ちで、女性のようにおっとりとした物腰である。丸めた頭と作務衣《さむえ》姿から、彼が住職と思われた。

「どうされました？　そんな驚いた顔をして」

住職は頬を緩ませ、高い声で聞いた。

「いえ、別に」

悟は言って、誤魔化《ごまか》すように周りを見渡した。

「ずいぶんと、静かですね」

有名なお寺の割には、と思ったのである。

「今日は不思議と、あなた以外どなたも参られません」

「そうですか」

「今日はお参りですか？」

住職は尋ねた。

「いや、そういうわけじゃ」

「では、どうされました？」

悟はここへ来た目的を話した。

「このお寺には、指輪御祓いというものがあると聞いてきたんですが」

「そうですか。あなたは指輪御祓いをしに」

悟は否定した。

「いえ、違います。ただそのような話を聞いて」

悟がそう言うと住職は一瞬意外そうな顔を見せたが、観光で来たと思ったのか、穏やかな表情でうなずき、親切に教えてくれた。

「由来ははるか昔にさかのぼりますが、今の形の指輪御祓いが始まったのは、戦後すぐ、昭和二十年頃と聞いております」

悟は相槌《あいづち》を打つ。

「まず参られた方のお身体を清め、二つの指輪を境内の井戸水で洗います。そして、御祓いをするのです」

悟は遠慮なく聞いた。

「それで、御利益はあると？」

住職はおっとりとした表情で言った。

「信じる者にのみ、奇跡は訪れるのですよ」

「信じる者、ですか」

悟はつぶやき、ポケットの中から傷だらけになった指輪を取り出した。

亜紀も自分との関係が修復できることを信じて、夫の指輪を持ち出し、このお寺を目指したのか？　その途中の事故だったというのか。

「おや？　それこそ結婚指輪ではありませんか？　どなたの指輪ですか？」

悟はハッとなり、拳を握り指輪を隠した。

「あなたの指輪ですか？」

悟は観念したようにうなずいた。

「そうです」

「指輪をされていないということは、どうやら事情があるようですね」

悟は住職の目を見た。おっとりとしているが、吸い込まれるような、強い力を感じる。心の中も読まれてしまいそうだった。

「どうされました？　私でよければ、お話をお聞きしましょう」

住職は柔らかい声で聞いてくる。悟はもう一度住職の目を見た。彼は、住職に操られているかのように口を開いた。

「先日の大地震で、猪山鉄道の電車が脱線横転事故を起こしましたね」

住職は首を縦に動かす。

「その電車に妻が乗っていて、亡くなりました」

住職は静かに目を閉じた。悟はやや間を置いてから続けた。

「昨日の夕方でした。突然、福島県警から電話がありまして、車内からなぜか私の指輪が見つかったというのです。先ほどこの指輪を取りに行ったんですが、そのときに警察官が、私たちの関係について聞いてきました。そして、別居していた事実を知った警察官は、妻はここに来ようとしていたのではないか、と言うのです」

住職は相槌を打つ。

悟は首を振りながら言った。

「しかし私にはそれが信じられないのです。結婚してからは溝が深まるばかりで、いろいろなことが積み重なって、私に愛想をつかした妻は家を出ていきました。私も妻を追うことはしませんでした。彼女は、私との離婚を考えていたはずなのです」

そこまで話すと住職はようやく口を開いた。

「ですが私も、その警察の方が言うように、奥様はここへ来られようとしていたのではないかと考えます」

住職の物言いは断定に近かった。

「しかし」

住職は悟の言葉を止めた。

「あなたは思い込んでいるだけかもしれないですよ。奥様のほうはあなたを想っていたかもしれない。あなたが迎えに来てくれるのを待っていたかもしれないじゃないですか。具体的に離婚の話はあったのですか？」

「それは、していません」

「だったら言い切れないじゃありませんか」

「ですが妻は出ていって以来、一緒に暮らしたいという素振りは一度も――」

また住職は悟の言葉を途中で切った。

「どう気持ちを伝えたらよいのか分からなかったんじゃないですか？　だからここへ来ようとしたのではないですか？」

黙り込む悟に、住職は優しく言った。

「どうして信じてあげないのです？　亡くなった奥様に対してそう思うということは、よほど許せないことがあったのでしょうね」

毎日の亜紀の言動が許せなかった。仕事を否定されるたび、自分の存在すらも否定されているようで、亜紀が憎かった。

「あなたを見ていると、どうやら奥様よりもあなたのほうが憎む気持ちが強いように感じるのです。だから信じられないのではないでしょうか」

悟は頭の中心を突き抜かれた思いだった。この住職の言うとおりかもしれない。いつまでもこだわっているのは自分のほうだ。

「どんなことがあったにせよ、信じてあげることです。亡くなった奥様を憎むなんて、悲しいとは思いませんか？」

悟はしばらく考え、うなずいた。

「それは、そうです……」

「お二人は、憎み合って結婚されたのですか？　違うでしょう。あなたが今持っている指輪が、その証拠です」

悟は拳を開き指輪を見た。

この指輪は、悟が進んで買った物ではない。結婚することが決まり、亜紀に強引に店に連れていかれて、買わされた指輪である。しかしあの頃はまだ愛情があった。亜紀も幸せそうな顔をしていた。

住職は最後に、諭《さと》すように言った。

「奥様はきっと、あなたを温かく見守ってくれていると思いますよ」

悟は住職に頭を下げてお寺をあとにした。空には夕闇が迫ろうとしていた。

タクシーに乗ってからも、住職の言葉が胸に響いている。考えさせられることばかりだった。

タクシーは森を抜け、川沿いを走っている。運転手はライトを点灯させた。

「すっかり暗くなってしまいましたね」

運転手が話しかけてきた。

「ああ」

悟は腕時計を見た。いつの間にか五時を過ぎている。ここから福島駅まで一時間だとして、スムーズに新幹線に乗れたとしても家に着くのは八時を過ぎるだろう。急いで帰る必要もないので、今日は福島に泊まろうと思った。一人で考えたいこともある。

悟は携帯電話を手に取り自宅に連絡した。

「もしもし？」

春子は気を遣って裕太に取らせたようである。

「裕太か」

「うん」

「今、まだ福島にいるんだ」

裕太はあまり理解していないようだった。

「もしもし？　森さん？」

春子の声に替わった。

「ああ、君か」

悟は少し疲れた声になっていた。

「今、どこですか？」

「まだ福島だよ。今日はこっちのホテルに泊まろうと思う」

「元気がないようですが、何かありましたか？」

「詳しいことはそっちに帰ってから話す」

「そうですか。分かりました。では、お気をつけて」

「じゃあ」

通話を切ろうとした悟は、

「ちょっと待て」

と慌てて止めた。

「裕太に替わってくれないか」

裕太くん、と呼ぶ声が聞こえる。

「何ですか？」

「何？」

再び裕太の声に替わった。悟はゆっくりとした口調で聞いた。

「お母さんとこの前、電車に乗っただろう？」

裕太の中で、嫌な記憶が呼び覚まされてしまったようだ。裕太は暗い声を出した。

「うん」

「そのときにお母さん、指輪を落としたか？」

「うん」

やはりそうか。谷口が言っていた、指輪を捜していた女性というのは亜紀のことだった。

「じゃあ、お母さんがどこへ行こうとしていたか、知ってるか？」

「ううん、分からない」

裕太が首を振りながら答えているのが目に浮かんだ。

「そうか、分かった。じゃあな」

通話を切った悟は運転手に、福島駅周辺のホテルを探してくれと告げた。

翌朝、ホテルを出た悟は新幹線に乗り、福島を発った。

昼過ぎに東京に着いた彼は、自宅に戻るのではなく、亜紀の実家に向かった。

幸夫たちは、亜紀は旅行で福島へ行ったのだと思っている。実はそうではなかったとは言いきれない。ただ、彼女が悟の指輪を持っていた事実と、指輪御祓いで有名な浄命寺に行こうとしていた可能性があることだけは伝えておこうと思った。自分には、幸夫たちにそれを話す義務があるような気がした。

チャイムを鳴らすと、多恵が玄関の扉を開けた。外に悟が立っているとは思わなかったのだろう、多恵はギョッとして、かすかにのけ反った。

「どうも」

挨拶すると、多恵は冷ややかな目で、

「何の用ですか？」

と尖った声で聞いた。悟はあくまで冷静に接した。

「お義父さん、いらっしゃいますか」

多恵は疑わしそうな目で悟を見た。

「うちの人に何か？」

「少しお話がありまして」

最初から家に上がるつもりはなかった。この母親の前で指輪の話などはできない。信じられないと一言で切り捨て、会話にならないだろう。多恵には幸夫の口から話してもらうほうがいい。

多恵が奥に下がると幸夫がやってきた。

「悟くん、どうしたんだい？」

「お話がありまして」

「だったら上がりなさい」

悟は柱の後ろに立つ多恵を一瞥して言った。

「できれば、外のほうが」

幸夫は悟の心中を汲み取ったようだった。

「分かった。そうしよう」

幸夫は真顔でうなずき、家を出た。

悟と幸夫は近所の喫茶店に入った。二人はコーヒーを頼んだ。

店員がいなくなると、幸夫は悟に言った。

「悟くんが突然来るなんて、びっくりしたな」

「すみません、連絡も入れず」

「いや、そんなことは全然いいんだ。ところで、裕太は元気かな」

「ええ、元気です」

「そうか、それは何よりだな。どうだい？　家事とかには慣れたかい？」

「なかなか難しいものです」

「最初はみんなそうだろうな。でも慣れていくさ」

「はい」

「たまには裕太を連れて遊びに来てくれよ」

幸夫は言って、苦笑した。

「母さんがいては、来づらいかな」

「いえ」

二人の前にコーヒーが運ばれた。幸夫は一口飲んで、緊張交じりの声で尋ねた。

「それで、今日はどうしたのかな？」

悟はやや間を置いてから口を開いた。

「昨日、福島へ行ってきました」

亜紀の死が脳裏に蘇ったのだろう、一瞬、幸夫の表情が曇った。

「福島へ？」

そうつぶやき、

「何か、あったのかい？」

と聞いた。

悟は、昨日から今日までの二日間にあった出来事を全て話した。幸夫は、亜紀が乗っていた電車から悟の指輪が見つかった事実を知ると、話を途中で止めてその理由を聞いたが、浄命寺の指輪御祓いのことを知ると、考え込むためか、それとも涙を隠すためか、目を閉じて悟の話を聞いていた。

話が終わると、幸夫は閉じていた目を開き、亜紀を思い浮かべているのか、一点を見つめて言った。

「そうだったのか……亜紀はその指輪御祓いというのを」

「絶対にそうだとは、言い切れませんが」

「いや、私もその警察官や住職さんと同じ意見だな。それしか考えられないじゃないか？」

「しかし、亜紀はなぜそのお寺に行くと正直には言わず、旅行と言ったのでしょうか」

「自分の本音を、知られたくなかったんじゃないかな。プライドの高い子だったからね」

幸夫の前である。悟はそれについては何も言わなかった。

「それに、正直に言ったら、母さんがまたうるさいだろ」

悟と目が合った幸夫は、しまった、というような顔を見せた。

「すまん、失礼なことを言った」

「いえ、いいです」

悟は、幸夫に遠慮がちに聞いた。

「亜紀は、離婚を考えてはいなかったのでしょうか」

「それはないと思う。実は、母さんが離婚しろってうるさくてね。でも亜紀は一度もするとは言わなかった。だから私は、前向きに考えていたんじゃないかと思う。でも、解決法が分からなかったんじゃないかな」

幸夫はそう言ったあと、寂しそうにつぶやいた。

「素直になって帰っていれば、こんなことにはならなかったのにな」

幸夫の悲しそうな目を見た悟は、

「憎くありませんか？」

と聞いた。

「憎い？」

「お義父さんは、僕を憎んではいませんか？　二人の関係がうまくいっていれば、こんなことにはならなかったと思われたのでは？」

悟は顔を上げられなかった。幸夫は優しく言った。

「どうして君を憎むんだね。亜紀が死んだのは君のせいじゃない。むしろ君がこうして来てくれるのをありがたいと思っている。亜紀が福島へ行った本当の理由を知りえたんだからな」

悟は幸夫の温かい言葉に胸が締めつけられる思いだった。同時に、自分はちっぽけな人間だと思った。

「それにしても、君は変わったな」

悟は顔を上げた。幸夫は補足した。

「いや、良い意味でだよ」

「そうでしょうか」

「裕太のことを考えられるようになったし、だからだろうか、顔つきが優しくなったよ。こんなことを言うのは失礼かもしれないがね」

「いえ」

悟は首を振って下を向いた。幸夫は穏やかな顔で、

「なあ悟くん」

と呼んだ。そして、右手を差し出した。

「君の指輪、見せてくれないか」

悟はハンカチに包んである指輪を渡した。幸夫は、傷だらけになった指輪をじっと見つめ、亜紀の想いを大事にするように、胸に強く当てた。

「亜紀の指輪も、早く見つかればいいんだがね」

別れ際、幸夫はもう一度、悟にありがとうと言った。


この日の夜、悟は裕太を寝かせたあと、春子にも二日間の出来事を話した。指輪御祓いの件は、幸夫と同様、彼女も胸が痛そうだった。悟が話し終えると、春子は溜めていた息を吐き出した。

テーブルには、悟の指輪が置いてある。春子はそれを手に取り、自分の考えを言った。

「私も、彼女がそのお寺に行ったのだと思います」

やはり春子もみなと同じ意見だった。

「君も、そう思うか」

「ええ。そう考えるのが自然だと思います」

悟は少し間を置いてから聞いた。

「君が初めて家に来たとき、君は亜紀に、自分に何かあったら二人を頼むと言われた、と言ったな?」

春子は間違いないというように、深くうなずいた。

「ええ、言いました」

「亜紀は自分の死を知っていたということか?」

「それが不思議なんです。ただの偶然だと思いますが」

「じゃあ亜紀はどういう想いでそう言ったんだろうか。君に言われたときはとても信じられなかったんだ。妻が俺を心配するはずがないとね」

「そんなことはありませんよ」

春子は悟を真っ直ぐに見て言った。

「確かに、あなたに対する不満はこれまでたくさん聞いてきました。最後に会ったときも同じです。あの人は自分や裕太を見ていない。大事にしてくれない、と。でも心の中ではあなたを気にかけていたのでしょう。一人で暮らすあなたを心配している、と言ってましたよ」

亜紀は俺の全てを否定していると決め込んでいた。しかし実際は夫を心配し、冷え切った関係を少しでも良くしようと考えていた……。

悟はやっと口を開いた。

「亜紀が、俺を？」

自分は今まで、亜紀の何を見てきたのだろうと思った。

「あなたは彼女を誤解していたんじゃないですか。亜紀さんはただただ、自分や裕太くんを大事にしてもらいたかっただけなんじゃないですか」

悟は何も返せなかった。

「でも時間は取り戻せません。今になってあなたにそんなことを言っても始まりません。大事なのは今だと思います」

悟は視線を上げた。

「今……？」

「そうです。亜紀さんの分までしっかりと裕太くんを育てる。それが一番大事なことだと思いますし、亜紀さんも安心するのではないですか」

悟は裕太の部屋に目をやった。

考え込む悟に、春子は笑みを見せた。

「大丈夫ですよ。あなたは裕太くんのことを考えられるようになったじゃないですか。亜紀さんはホッとしていると思いますよ」

春子はそう言って、ソファから立ち上がった。

「もうこんな時間になってしまいましたね」

悟は時計を見た。いつの間にか夜中の一時を回っていた。

「明日も早いです。もう寝ましょう」

春子はおやすみなさいと言って亜紀の部屋に行った。悟も指輪を持って立ち上がった。

部屋に入った悟は、指輪を見つめた。

亜紀は自分との関係が修復できると信じて、指輪を持っていった。まさかこんな形で指輪が戻ってくるなんて考えてもいなかったろう。

悟は、谷口、住職、幸夫、そして春子の言葉を頭の中で繰り返していた。同時に、この指輪はどうすべきだろうかと考えている。

彼は再び指輪をケースにしまい、タンスの中に入れていた。しかし、前のときとは意味合いが違う。この二日間で妻に対する気持ちが変わった。少なくとも怒りや憎しみは消えていた。

ケースにしまったのは、指にはめるべきなのか、自分では分からなかったからだ。

15

今週は週始めからいろいろあり過ぎたせいか、土曜日に裕太の運動会があることをすっかり忘れていた。

運動会当日、空は気持ち良く晴れた。

悟は六時に起床し、春子の指導のもと、お弁当作りを開始した。いつもは一人分だが、どうやら今日は裕太と一緒に昼食を摂るらしく、悟はおにぎりやサンドイッチなど三人分のお弁当を作り、バスケットに詰めていった。

裕太はその間、嬉しそうに横で見ていた。悟は、裕太がまったく準備していないことに気づき急がせた。

「何してんだ。早くしなさい」

裕太はトコトコと部屋に向かった。春子は悟を見て微笑んだ。

「何だ」

悟は口を尖らせた。

「ずいぶんと父親らしくなってきたなと思って」

「別に、普通だろ」

悟はそう言って、バスケットを玄関前に運んだ。

二十分経っても裕太は部屋から出てこない。家を出る時間は迫っているが、春子は悟と裕太の様子をただ見ているだけだった。

「早くしないと遅れますよ」

と注意するが、悟にはもちろん、裕太にも手を貸さなかった。

悟は彼女に文句を言う余裕もなかった。実際、早く出なければ遅れそうなのだ。

悟は裕太に体操着を着させ、帽子を被らせ、運動靴を持たせた。

ようやく準備が整った悟と裕太は玄関に向かった。すでに、春子は靴を履いて待っていた。

「手が空いてるなら少しは手伝ったらどうだ？」

悟はやっと文句を言えた。

「それじゃあ何の意味もないでしょ。それより早くしないと遅れますよ」

「分かってる」

三人は急いで家を出た。考えてみると、裕太と一緒に幼稚園に行くのはこれが初めてだった。

ふたば幼稚園の門をくぐると、グラウンドに吊るされた多くの国旗や、色とりどりの花で作られた入・退場ゲートなどが運動会を演出していた。

観客席には想像以上に多くの親がやってきていた。みな、子供の活躍を見ようと、場所取りに躍起《やっき》になっている。まだ始まっていないというのに、子供の姿をビデオカメラで撮る父親の姿もあった。

裕太を教室に行かせた悟と春子は、グラウンドの端に移動した。どうやらそこくらいしか場所がなさそうなのである。

「それにしてもすごいな」

悟は周りを見渡しながら言った。

「当然ですよ。子供の運動会と言ったら、親たちにとっては一大イベントですからね」

悟は苦笑した。

「大袈裟なような気もするな」

「そんなことありませんよ。一生の思い出になるんですから」

会話をしているところに、裕太の担任の東原がやってきた。背の小さい童顔の東原がジャージを着ると、高校生のように見えた。

東原は悟と春子に頭を下げた。

「お父さん、来てくださったんですね」

東原は目を輝かせて言った。

「まあ、はい」

「裕太くん、すごく嬉しそうでしたよ。今日はいつも以上に頑張ってくれると思いますよ」

悟は春子と一瞬目を合わせた。

「そうですね」

「では、もうじき入場が始まりますので、私はこれで」

悟と春子は東原に挨拶し、入場ゲートに注目した。しばらくするとスピーカーから行進曲が流れ、小さな子供たちがテクテクとやってきた。親たちは我を忘れて大声で自分の子供の名前を呼び続ける。それは叫びに近かった。どちらが子供か分からないくらいだった。

「あ、裕太くんいましたよ」

春子は列の後方を指差した。悟は、少し固くなっている裕太を見てフフと笑った。

「緊張してるな」

「当たり前ですよ。初めてお父さんが来てくれたんですからね」

彼女はそう言って、使い捨てカメラで裕太の姿を撮った。

「おい、いつの間にそんなもの買ったんだ」

「そこまで気が回らないと思って、昨日買っておいたんです。裕太くんが大きくなって、写真を見たとき、喜ぶと思いますよ。さあ、自分で撮って」

春子はカメラを押しつけてきた。悟は周りを気にした。もっとも、悟を見ている者など誰もいない。

「いいよ、俺は。君が撮ってやってくれ」

「それじゃあ何の意味もないでしょ。さあ」

悟は一応カメラを受け取り、裕太の歩く姿を収めた。

行進が終わると、台の上に園長が立ち、子供や両親たちに挨拶した。そして園児たちが退場すると、早速競技が開始された。

まず初めに玉入れが行われた。白組の裕太は白い玉を次々と投げていく。終了の笛が鳴ると、こちらに微笑みかけた。春子は手を振って応えた。悟は彼女に突つかれて、シャッターを押した。

次の競技、三十メートル徒競走になると、春子は妙に興奮し始めた。裕太が何番目に走るのかと横でうるさかった。

そしていよいよ裕太の走る番がやってきた。位置につくと、春子は裕太の名を大声で呼んだ。このときは悟も彼女のうるささも気にならず、裕太に注目した。ピストルの音が悟の心臓に響いた。裕太のスタートは良かった。しかし、次々と追い抜かれてしまい、五人中四位の結果に終わった。春子は残念そうな声を洩らしたあと、裕太に拍手を送った。悟は、負けた息子を見て自分の小さかった頃を思い出した。そう言えば、自分も足が遅かった。一着になったことは一度もなかった。それが悔しくてたまらなかったのを今でも憶えている。

「残念でしたね、裕太くん」

「ああ」

悟はそう言って、もう一枚写真を撮った。

その後、障害物競走、綱引きと競技は進み、昼食時間になった。園児たちは両親のもとへ走っていく。裕太も生き生きとした顔をしてやってきた。悟はバスケットの中からシートを取り出し、地面に広げ、胡坐をかいた。

「お腹空いた」

と裕太は言った。悟は弁当箱を開けていった。裕太は、いつにない豪華さに歓喜の声を上げた。

「これ全部、お父さんが作ったんだよ」

春子が教えると、裕太は悟に感動の目を向けた。

「すごいね」

悟は微笑み、裕太にサンドイッチを渡した。

「さあ、食べなさい」

裕太は一口食べて、

「美味しい」

と言った。悟は素直に嬉しかった。

春子はおにぎりを食べながら裕太に言った。

「裕太くん、かけっこ、惜しかったね」

「うん」

とうなずくが、裕太はそれどころではないらしい。サンドイッチを口いっぱいに頬張っている。

「そんなに急がなくてもいいのよ」

案の定、裕太は喉につかえさせてしまった。

「急ぐからだ」

悟は注意して、バスケットを開けた。しかし、入れたはずの水筒がない。春子が横から言った。

「忘れたんですか？」

「そうみたいだ」

「しっかり確認しないからですよ」

悟は立ち上がった。

「外でお茶を買ってくる」

悟は二人にそう言ってその場から離れた。そしてグラウンドを出ようとして、足が止まった。

門の手前に、幸夫と多恵が立っていたのだ。運動会の日程を知っていた二人は、こっそりと見に来ていたのだ。バツが悪い悟は顔を伏せた。

多恵が詰め寄るように、一歩、二歩と近づいた。

「悟さん、どういうことですか？　あの女の人は誰ですか？」

多恵は責めるように聞いた。幸い、ここからでは春子の顔までは見えない。亜紀の親友だということまでは分かっていないようである。しかしどちらにせよ、言いわけはできなかった。

「呆れた。亜紀が亡くなって、まだ日は経っていないんですよ。それなのに、もう新しい人ですか？」

今日はさすがの幸夫も止めなかった。悟は何も答えられない。

多恵は、

「ああ、そういうことですか」

と何かに合点がいったように、二度三度とうなずいた。

「裕太と一緒に住むと言ったのは、あの女の人がいるからですか。そうなんですね」

悟はそれは否定した。

「いや、それは違います」

「そうに決まってます」

多恵はピシャリと言った。

「それで、いつからですか？　いつからあの女性と付き合っているんですか」

付き合っていると思われても仕方がなかった。遠くから見ても、春子と裕太の仲が良いのが分かる。

黙っていると、多恵は声を震わせて言った。

「まさか亜紀が生きてる頃からじゃないでしょうね」

言い過ぎだと思ったのか、すかさず幸夫が止めに入った。

「やめないか、母さん」

しかし多恵はやめなかった。

「そうなんでしょ？」

悟は黙ったままだった。

「母さん、今日のところは、行こう」

幸夫は多恵の腕を取った。

「納得がいきませんよ。あなたは亜紀が可哀想じゃないんですか？　この最低男に、何か言ってくださいよ」

幸夫はもう一度静かに言った。

「行こう」

多恵は引きずられながら叫んだ。

「裕太は私たちが引き取ります。いいですね！」

悟は、長い間その場に立ちつくしていた……。

午後の部が始まっても、悟は運動会どころではなかった。グラウンドでは裕太たちがダンスを披露しているが、彼は見ているようで見てはいなかった。

頭の中で、多恵の言葉が何度も繰り返されている。不覚としかいいようがなかった。幸夫と多恵が来るのを想定しておくべきだったのだ。春子といる場面を見られたら、誤解されるのは当たり前である。しかし、後悔しても仕方がないことだった。隠していた事実を知られてしまったことに変わりはないのだ。

春子にも亜紀の両親に見られてしまったことを話そうと思ったが、それはやめた。あえて言う必要はないし、知らないほうが彼女のためだと思った。

自宅に帰る途中、何も知らない春子は裕太のダンスを褒《ほ》めた。

「裕太くん、本当に上手だったよ。よく練習したね」

裕太は元気良くうなずいた。

「よく練習したご褒美《ほうび》に、来週にでもお父さんに遊園地に連れていってもらおうね」

裕太は両手を上げて喜んだ。悟は一拍遅れて反応した。

「何？ 遊園地？」

「そうですよ。前に裕太くんが行きたいって言ってたでしょ。今日頑張ったんだから、連れていってあげましょうよ」

この調子だと春子も行くつもりである。

悟は溜息を吐いた。何も知らないとはいえ、まったく能天気なものである。

一週間後、悟たちは都内の遊園地に出かけた。一度も遊園地に行ったことがない裕太が熱望したのだ。幼稚園の友達はみんな行ったことがあるらしく、一人だけ行ったことがなかったので前から行きたいと思っていたらしい。

裕太は昨夜から興奮状態だった。なかなか眠ることができなかったのだろう。車に乗ったとたん、ウトウトとし始めた。しかし、車から巨大な観覧車が見えた瞬間、眠気は吹き飛んだようだ。裕太は目を輝かせて見つめていた。その姿に春子はクスッと笑った。

三人は昼前に到着し、フリーパスポートを購入した。入り口をくぐった裕太は、目の前に広がる景色に感動の声を上げた。子供にしてみれば、夢の世界なのだろう。裕太は一瞬にして引き込まれたようだ。悟と春子の手を取り、走り出した。

「慌てなくても大丈夫よ」

と彼女が声をかけても、夢中になっている裕太には聞こえていないようだった。悟と春子は目を合わせ、やれやれと笑った。

二人がまず連れていかれたのは、近くにあったメリーゴーラウンドだった。悟は、さすがにこれに乗るのは恥ずかしかったので、外から写真を撮るといううまい理由をつけて断った。

二十分かけてようやくメリーゴーラウンドに乗れた裕太は満面の笑みを見せた。裕太の後ろにいる春子も子供の顔になっている。二人が、パパと言って手を振ってきた。悟は周りを気にしながら軽く手を上げた。

次に裕太が選んだのはゴーカートだった。今度は春子が写真を撮ることになり、恥ずかしかったが、悟は裕太と一緒に長い列に並んだ。

三十分後、悟たちの番がやってきた。二人はゴーカートに乗り込み、一緒にハンドルを握った。機械が動き出すと、裕太はかん高い声を上げてハンドルを左右に動かす。

悟もいつしか夢中になっていた。

ゴーカート乗り場から出ると、春子は悟を見てクスクスと笑った。

「何だよ」

「何だかんだ言って、楽しそうでしたよ」

悟は顔を赤らめた。

「別に、普通だ」

そう言って歩調を早めた。

歩いていると、裕太は玩具売場やポップコーン売場で足を止めた。悟は、裕太の欲しがる物は全て買ってやった。今まで何もしてやってこなかったのだ。今日くらいは好きな物を買ってやろうと思った。

再び歩き出すと、春子が前方を指差して言った。

「次はジェットコースターに乗りましょう」

裕太は乗ると言ったが、悟は顔をしかめた。絶叫系は大の苦手なのである。

「いい年して、ジェットコースターはないだろう」

「何言ってるんですか。年なんて関係ありませんよ」

「俺はいい。二人で乗ってきてくれ」

そう言うと、裕太は残念そうな声を出した。

「あれに乗ると、気分が悪くなっちゃうんだ。おばさんと乗っておいで」

　春子は裕太の手を取った。

「意気地のないお父さんは放っておいて、行こう」

　反論しようと思ったがやめた。悟はベンチに座り、ジェットコースターを眺めた。

　ふと、亜紀の声が耳に響いた。

『ねえ、ジェットコースターに乗ろうよ』

　そう言えば亜紀も絶叫マシーンが好きだった。そう言われるたびに悟は断った。仕方なく彼女はつまらなそうに一人で乗るのだった。

　思い返せば、付き合い始めた頃は様々な場所に出かけた。よく行ったのはお台場だった。亜紀は、レインボーブリッジから見える夜景が好きで、ドライブになるといつもそのルートを選んだ。

　彼女は映画に行くのも好きだった。悟も好きで、終わったあと感想を言い合い、意見が合わないと論争に発展したものだった。

　悟は不思議な気持ちだった。今までずっといがみ合っていた記憶しか浮かんでこなかったのに、亜紀に対する気持ちが変わったとたん、良い思い出ばかりが蘇ってくる。なのに、この胸のモヤモヤは何か。複雑な気持ちなのである。悟はその正体に薄々気づいている……。

一時間後、春子と裕太が戻ってきた。二人とも爽快な気分を味わったのであろう、満足そうな表情をしていた。

「楽しかった。森さんも乗ればよかったのに」

「いや、俺はいいよ」

「それより、裕太くんがトイレに行きたいそうです。私も行きたいので、一緒に行ってきますね」

「じゃあ、俺はここで待ってる」

「分かりました。次は裕太くん、ショーを観たいそうですよ」

「はいはい、分かりましたよ」

二人は手をつないで歩いていく。悟はその後ろ姿をじっと見つめていた。

二人がトイレに行っている間、悟はタバコを吸っていた。腕時計を確認した彼は、貧乏揺すりを始めた。あれから二十分が経っている。しかしまだ二人は帰ってこない。最初は順番待ちに時間がかかっているのかと考えたが、それにしても遅過ぎる。何をしているのか。

悟は二本目を口にくわえた。

「森さん！」

火をつけようとしたとき、春子の声が聞こえた。そのただならぬ声に悟の心臓が跳ねた。彼は弾かれたように顔を上げた。その瞬間、裕太に何かがあったのだと察した。こちらへ走ってくる春子の隣に、裕太の姿がないのだ。

悟はベンチから立ち上がった。

「裕太に何かあったのか！」

混乱と息切れとで、春子は言葉にならない。

「しっかりしろ！」

悟が肩を摑むと、彼女は唇を震わせながら言った。

「裕太くんが、裕太くんが……」

「どうした！」

「裕太くんが、どこにもいないんです」

不安が胸に迫ってきた。悟は落ち着いて聞いた。

「ずっと一緒じゃなかったのか」

「もちろんトイレまでは一緒でした。私は、もし裕太くんのほうが早かったらトイレの前で待っててと言ったんです。絶対にどこにも行かないでと念を押しました。それなのに、私が出たらどこにもいなくて」

悟は厳しい顔つきになった。

「何をやっているんだ君は」

「ごめんなさい」

「とにかく捜そう。まだそんなに遠くへは行ってないはずだ」

春子は自分たちが行ったトイレに走った。

「ここです」

悟はグルリとあたりを見渡した。裕太の姿はどこにもない。邪魔なほど、家族やカップルで溢れている。

「どっちへ行ったんだ」

トイレを出ると左右に道が分かれる。悟は勘に頼るしかなかった。彼は左方向に身体を向けた。

二人は裕太の名を呼びながら走る。しかし、広い園内にこの人出である。裕太を見つけるのは困難だった。

悟は、迷路に迷い込んでしまったように足を止めた。

「どこへ行ったんだ」

最悪なことに、空には夕闇が迫ってきた。暗くなれば、見つけるのはますます難しくなる。悟は焦りを隠せなくなった。

春子はその場に屈み込んでしまった。

「私のせいよ。私がもっとしっかりしていれば」

「今さらそんなことを言ったって遅いだろ！」

悟はつい怒鳴ってしまった。

彼はもう一度冷静に考えた。

裕太は、春子に絶対にどこにも行くなと言われたにもかかわらず、トイレの前から動いた。よほど興味のそそられる物が目に飛び込んできたのだろう。

それは一体何か。園内を歩き回るキャラクターかもしれない。何にせよ、自分たち二人ではお手上げだった。

「案内所へ行こう。裕太を捜してもらうんだ」

春子は立ち上がってうなずいた。

「そうですね」

手に持っている地図を開き、案内所を探した。どうやらここから近いようだ。

「行こう」

悟が走り出したそのときだ。ポケットの中の携帯電話が震動した。

悟は携帯電話を取り、液晶画面を見た。そこには、『川田紀子』と表示されていた。

こんなときに出ている場合ではないと、悟は無視して走った。しかし、電話は執拗に鳴り続けている。彼は仕方なく電話に出た。

「もしもし」

声を荒らげた。長い沈黙のあと、紀子の声が聞こえてきた。

「悟さん?」

紀子は妙に暗い、力のない声である。

「何だ。今話してる時間はない。切るぞ」

すると紀子は言った。

「私、裕太くんと一緒にいます」

ふざけているのか、と怒鳴りそうになったが、二人が裕太を捜していることを知らなければそんなことは言えないはずだ。

「何だと?」

春子の素早い視線を感じた。

「裕太くんと一緒にいるんです」

紀子は抑揚のない声でもう一度言った。

「どういうことだ」

悟は声を張り上げた。紀子は、暗い声のまま指示した。

「話があるの。入場ゲートで待っています」

「お、おい！」

電話は一方的に切れた。

「どうしたんですか。何があったんですか」

説明している時間などなかった。紀子のあの口調は嘘ではない。裕太は指定された場所にいる！

「とにかく、来てくれ」

悟は入場ゲートに向かった。しかしなぜ紀子がここにいるんだ、と彼は頭の中で叫んだ。

入場ゲートの前に着いた悟は二人を捜した。紀子と裕太は、手をつないで立っていた。

「裕太くん！」

春子が呼ぶと、裕太は走り出そうとした。しかし、紀子がそれを許さなかった。裕太の弱い力では、紀子の手は振りほどけなかった。

悟は紀子に歩み寄る。しかし紀子は後ずさった。

「どういうことだこれは！　どうして君がここにいるんだ」

「それより、その女性は誰ですか？」

「君には関係ないだろう」

そう言うと紀子の目が光った。

「関係あります！　答えてください！」

悟は春子を一瞥して言った。

「君とはもう終わったはずだ。彼女が何であろうが関係ない」

「私は納得できません。別れるなんて一言も言ってません」

春子は悟の耳元で囁いた。

「どなた、ですか？」

今の会話で、悟と紀子が特別な関係にあったことくらいは分かっただろう。

彼は隠さずに言った。

「会社の部下だよ。いや、今は違う。昔のね」

紀子は目を潤ませて言った。

「ずっとあなたのことが心配で、家に行ったらちょうどあなたとその人がマンションから出てきて……」

その先は言いづらそうだった。

しかしそこまで聞けば十分だった。紀子がここにいる謎が解けた。紀子はマンションにやってくるとき、目黒駅から徒歩では距離があるので、タクシーでやってくる。この日もそうだったのだろう。タクシーを降りる直前、悟と裕太だけではなく、見知らぬ女も車に乗る姿を目撃し、つけてきたのだ……。

彼女は三人が楽しむ姿を陰から見ていた。春子を新しい恋人だと思い込む紀子の嫉妬は徐々に膨れ上がり、よほど悔しかったのだろう、復讐心からか、裕太が一人になった隙に連れ去る行動に出た。

しかしまさか、彼女がまだ自分に想いを寄せているなどとは考えてもいなかった。

悟の一方的な思い込みだったが、紀子はもう自分のことはきっぱり諦めているものだと決めつけていた。

「ねえ説明して！　その人は何なの？」

悟はそれに関しては答えなかった。

「とにかくバカな真似はよして、こっちへ来るんだ」

悟は一歩近づいた。

「来ないで！　来たら裕太くんを殺して私も死ぬ！　舌を噛み切って死にます！」

紀子は、追いつめられた人間の眼になっている。悟と春子は緊張した。

「じゃあ、どうしろって言うんだ」

紀子は悟を真っ直ぐに見て言った。

「私とやり直してほしい」

悟は視線を落とした。

「奥さんが亡くなってから、ずっと考えてました。今までのような関係じゃなく、これからは一緒に暮らしたいって」

紀子は訴えるように言った。

「あなたを支えていきたいんです。私にはその責任があるんです」

どうやら紀子はまだ後藤田の件を気にしているようだった。

「何度も言っているだろう。もうあのことは……」

紀子は悟の言葉を遮った。

「裕太くんの面倒だってちゃんと見られます。だから……」

悟は途中で首を振った。

「無理だよ。一緒に暮らすことはできない」

「その人がいるからですか？」

「そうじゃない。俺は君と別れると決めたんだ。きつい言い方をするが、君には何の感情もない」

すかさず春子が止めた。

「刺激しないで」

悟は大丈夫というように彼女の腕を握った。

そこまで言われても、紀子は諦めなかった。

「本当は裕太くんのことを気にしているんでしょ？　私なら本当に大丈夫です。裕太くんがいてもやっていけますよ」

紀子はそう言って裕太の目線まで屈み、向き合った。

「裕太くん、お姉ちゃんと仲良くできるよね？」

紀子は必死に問いかけた。しかし裕太は首を振り、紀子に背を向けて走り出した。そして、春子の足に抱きついて泣いた。春子は裕太を強く抱きしめた。

悟に断られ、裕太にも嫌われたのがよほどショックであり、自分が惨めに思えたのだろう、紀子はしばらく立ち上がれずにいた。悟は、変なことを考えているのではないかと心配した。

が、紀子はようやく目を覚ましたようだった。彼女は寂しそうにつぶやいた。

「そうですか。私は、その人に負けたんですね」

「勝ったとか負けたとか、そういうことじゃない」

紀子は下を向きながら言った。

「いいんです。これで、諦めがつきました。裕太くんにまで嫌われちゃ、無理ですね」

「君にはもっと相応しい人がいる。俺のことなんか、忘れてくれ」

紀子は寂しい笑みを見せた。

「そんなすぐには、無理ですよ」

「すまない。俺は勝手な男だ」

紀子は強がって笑った。

「知ってますよ。それくらい最初から」

悟は苦笑した。

「でも驚きました。あなたが裕太くんとこんな所に来るなんて。昔じゃ考えられなかったでしょ？」

「ああ、そうだな」

紀子は悟をじっと見つめた。

「悟さん」

「うん？」

「こんなことしてごめんなさい。もう迷惑はかけませんから」

紀子の語尾は震えていた。彼女は涙を見せまいと背を向けた。

「さよなら」

紀子は走っていった。悟は彼女の姿が見えなくなるまで見送っていた。心に深い傷を負わせてしまったが、紀子は弱い人間ではない。すぐに立ち直るはずである。

悟は抱き合う二人に歩み寄った。そして裕太の手をしっかりと握り、優しく頭を撫でた。

「ごめんな、裕太」

そう言うと裕太は泣きやみ、小さくうなずいた。

春子はいつまでも裕太を離さなかった。気持ちを込めて抱きしめている。

「良かった。本当に良かった」

その想いは悟にも伝わった。

そんな彼女を見て、熱い物が胸に迫ってきた。

この数日間で裕太への愛情はどんどん大きくなっている。

悟は自分の変化がそれだけではないことを知っている。同時に、春子に対する気持ちも変わってきているのだ。亜紀との思い出を振り返ったとき、複雑な感情を抱いたのはそのせいだ。

悟は自分でも意外だった。春子は、自分の一番苦手とするタイプの女性だからである。

しかし感情には逆らえない。

裕太には春子が必要なのではないか。そう思い始めている自分がいた。

16

遊園地に行ってから五日後の朝だった。

いつもと同じく六時半に起床した悟は、裕太のお弁当と朝食を作り始めた。すぐ隣には春子が目を光らせている。悟の作る食事は味も見た目もまだまだだが、上達してきているのは確かであった。その証拠に、彼女の口出しは少なくなっている。

その後の仕事も、いつしか身体に染みついていた。裕太を起こし、朝食を食べさせて幼稚園の仕度をさせる。その間に悟は食器洗いを済ませる。食器洗いは裕太を送ったあとでもいいのだが、早くも来週から新しい部署での仕事が始まる。朝の時間は一分でも無駄にはできなかった。

裕太も確実に変わってきている。悟の大変さを知ってのことか、手伝わなくてもテキパキと幼稚園の準備をするようになった。この成長ぶりに春子は感心していた。

朝食を済ませ、幼稚園の準備が整った裕太が玄関から声をかけた。

「パパ、行くよ」

「はいはい」

悟は忙《せわ》しなく玄関に向かった。そして、裕太と一緒に外でバスを待った。

バスが二人の前に停車すると、東原が笑顔で出てきた。

「おはようございます」

悟は軽く頭を下げて挨拶を返した。

「おはようございます」

　東原は裕太の目線まで屈んだ。

「おはよう、裕太くん」

「先生、おはよう」

「じゃあ、行こうか」

裕太は元気よく返事した。

「うん」

「では森さん、お預かりします」

「お願いします」

裕太を乗せたバスは去っていった。裕太は悟が見えなくなるまで手を振っていた。

部屋に戻ると、春子がやってきた。

「お帰りなさい」

「森さんも、だいぶ家のことや裕太くんの世話ができるようになってきましたね。初めはどうなるかと思ったんですがね」

「ああ」

悟は鼻を鳴らした。

「君のスパルタ教育のおかげだよ」

冗談交じりに言うと、春子は小さく笑った。悟も頬を緩ませた。

彼女はそのまま玄関に向かい靴を履いた。

「おい、どこに行くんだ？」

「今日は買い物へは行きませんよね？」

昨日、二日分の食材を買ったので行く予定はなかった。

「行かないが」

「ですよね。では、コンビニへ行ってきます」

彼女が一人でコンビニへ出かけるなんて珍しかった。

「コンビニ？　何を買うんだ」

「ノートです」

「ノート？」

「ほら、私があなたのために書いているレシピノートですよ。一冊目がいっぱいになっちゃったんで、買ってきます」

みくびられている気がして、悟は機嫌を損ねた。

「いいよそんなもの。俺には必要ない。一度やれば覚えるんだから」

「忘れたときに必要になるんですよ。では、行ってきます」

「お、おい！」

呼び止めたが春子は行ってしまった。

「必要ないと言っているだろ、まったく」

悟はぼやきながらソファに腰かけタバコを吸った。彼は彼女の顔を思い浮かべ、世話好きな女だ、と微笑した。

テーブルにある朝刊が目に入ったので、何げなく開いた。

政治の記事にじっくりと目を通した悟はページを繰る。社会面には、昨夜広島で起きた殺人事件や、京都で発生した山火事が大きく取り上げられている。

その他の小さな記事には興味がなく、次のページを開こうと手を伸ばした。が、悟の動作がピタリと止まった。ある記事に目が吸い寄せられた。

一瞬、『浄命寺』という文字が目に入ったからである。

記事の見出しはこうだった。

『人気霊能者・神崎一恵《かんざきかずえ》氏、行方不明』

右隣に顔写真が載っている。

その写真を見た瞬間、悟の表情が固まった。自分の目がおかしいのではないかと、彼は数分間、一点を見続けた。しかし間違いはない。そう確信した悟はみるみる顔色を失っていく。心臓が早鐘を打ち、頭の中が真っ白になった。

悟は口をアワアワと動かしながら、信じられないというように首を振り、玄関のほうに目をやった。

写真の枠はそれほど大きくはなく、白黒であるが、確かにこれは彼女である。

春子が、和服姿で写っている！

悟はまだ動けずにいた。しかし心臓は激しく暴れている。額や手からは冷たい汗がにじんでいた。

混乱するのも無理はなかった。一ヶ月近く一緒に過ごしてきた女が、行方不明者として新聞に載っているのだ。

これは一体どういうことか。とにかく記事を読んでみた。

『三十六日、秋田県在住の神崎一恵さん（42）が行方不明だということが秋田県警によって明らかとなった。

神崎一恵さんは全国各地のお寺を回り心霊相談をすることで知られており、先月二十九日、福島県白川村にある浄命寺に行くと、夫である和男さんに言って家を出た。

しかしその日、福島県で大地震があり、和男さんは一恵さんと連絡が取れなくなったという。その後も一恵さんから連絡はなく、和男さんは福島県警に捜索を依頼。警察は、地震の際に一恵さんが何らかの事故に巻き込まれた可能性があるとみて捜索を開始したが、未だに何も手掛かりが摑めないため公開することにした』

読み終えても頭の整理がつくはずがなかった。むしろ余計混乱した。彼は殴られたような気分だった。

虚ろな目つきの悟は心の中で叫んだ。警察が捜索している女が、この家にいる！

いや、そんなはずはない。やはり何かの間違いではないかと、もう一度顔写真にじっと見入った。

太い眉に一重の目。そして口元の大きなホクロ。これが決め手だった。微妙なエラの張り具合だってそうだ。どう見ても宮前春子なのである。なのに『神崎一恵』という名前で捜索されているのはなぜか。それだけではない。彼女は、亜紀の前の職場の同僚だったのではないのか。霊能者とはどういうことだ！　亜紀と職場で知り合ったというのは嘘で、他で接点があったのではないのか。だがそのきっかけが分からない。夫がいるというのもおかしい。いつか彼女は、結婚はしていないと言っていたではないか。

新潟に住んでいるというのも嘘だ。新聞には秋田県在住と書いてある。

考えれば考えるほど謎は深まるばかりだった。巨大な迷路のど真ん中にいきなり立たされた気分だった。

悟は何度も記事を読み返した。

今度は、名前や夫などの件は抜きにして、彼女の取った行動を推理してみた。しかしこれも不自然だった。

あの大地震が起こった日から、『神崎一恵』の行方が分からなくなった、と新聞は伝えている。

彼女は夫に、浄命寺に行くと言って家を出ているが、本当に浄命寺に向かうつもりだったのだろうか。最初からここへ来るつもりだったのではないか。しかしそれでは矛盾が生じる。彼女は亜紀の死を知り、亜紀が生前に言っていたことを鵜呑みにして二人のもとへやってきたのだ。が、それすらも怪しくなってきた。

彼女がこの家にやってきたのは行方が分からなくなった四日後である。その間、彼女はどこで何をしていたのか！

それとも、浄命寺に行くというのは本当で、亜紀と一緒に寺に向かったのだろうか。一瞬そう考えたが、一緒ということはありえない。あの電車に乗っていたのだとしたら、事故車両から発見されているだろうし、ましてやここに来られるはずがない。

亜紀と浄命寺で待ち合わせをしていた、という線は考えられるが、彼女が寺を訪れたとは一切書かれていないし、春子はそんなことは一言も言っていない。それどころか、浄命寺の名前すら聞いたことのない様子だったではないか。

それとも春子は事実を隠していたのか。彼女は亜紀の行動を全て知っていたのか？

そうだとして、嘘をつく理由は何だ。

福島県に行ったことすら不明だが、彼女は家を出た四日後、『宮前春子』と偽ってここへやってきた。

しかし実際は神崎一恵という霊能者だった……。

彼女はなぜ偽名を使ったのか。結局ここに行き着くが、見当すらつかない。

それとも逆に、『神崎一恵』が霊能者としての名前であり、宮前春子が本名なのか。だとしたら（本名・宮前春子）と出るはずなのだが……。

さすがの悟も頭の中の糸がもつれた。

気づけば、写真に顔を近づけている。しかし何度見ても変わりはない。似ているのではない。これは紛れもなく宮前春子本人だった。

悟は何が何だか分からなくなり頭を抱えた。

いくつもの疑問が浮かぶが、それらは全て矛盾した形で返ってくる。

依然、新聞の顔写真を見つめる悟の脳裏に、ふと東原の言葉が蘇った。

そうか、いつか彼女が、春子のことを『どこかで見たことがあるような気がする』

と言ったが、その謎が解けた。

あれはただの勘違いではなかったのだ。テレビか新聞か、それは定かではないが、東原はどこかで、霊能者である春子の顔を見ていた……。

とにかくいくら考えても答えは出ないし、ラチが明かない。春子の帰りを待つしかなかった。

いや待て、と悟は自分に言った。春子はこれまで多くの嘘をつき続けていた。恐らく、自分が『神崎一恵』だということを知られてはならない事情があったのだ。そんな彼女に新聞を突きつけたところで、知らぬ存ぜぬで通すに決まっている。

ならば、と悟は電話の受話器を取り、亜紀の実家に連絡した。二人なら『親友』である『神崎一恵』のことを少しは知っているはずだ。運動会のときに、悟の隣にいたのがまさにその『神崎一恵』なので、普通なら亜紀の両親には聞きづらいところだが、二人は彼女の顔は見ていない様子だった。

「はい、中森でございます」

願いとは裏腹に多恵が出た。

悟はバツが悪そうに言った。

「もしもし、私です」

悟と分かったとたん、多恵は不機嫌になった。

「一体何ですか？」

「お義父さんに替わってもらえますか」

「何の用ですか。それより裕太の件、考えてくださいね。あなたはあの新しい人とやっていくんでしょ？」

　やはり、彼女の顔までは分からなかったようである。幸夫のほうはどうだったか。悟はまだ安堵できなかった。

「いいから替わってください。大事な話があるんです」

　少し強く言うと、多恵は押し黙った。すぐに幸夫の声が出た。

「もしもし、悟くんか」

　この前の件がある。いつもと違い幸夫の声は暗い。

「先日はどうもすみませんでした。『あの女性』については、今度ゆっくりとお話しします。今は、事情があって話せません」

　悟は軽く探りを入れて、幸夫の様子を窺った。

　幸夫は長い間を置き、声を発した。

「そうか、分かった。今日は、そのことかね？」

「そのこともありますが、もう一つお聞きしたいことがありまして」

「何かね？」

悟は思い切って尋ねた。

「亜紀の友人に、神崎一恵という人物がいるのですが、ご存じですか?」

すると幸夫は、

「神崎一恵……神崎一恵……」

と繰り返し黙り込んだ。幸い、幸夫のほうも悟の隣にいたのが神崎一恵だということには気づいていない様子だった。

「知らないな。母さんにも聞いてみよう」

幸夫はそう言って、多恵を呼んだ。二人のやり取りは数秒で終わった。

「もしもし、母さんも知らないと言っているが」

予想外の答えだった。

多恵のほうは知っていると思い込んでいた。『神崎一恵』は、亜紀の親友だと言った。両親が娘の親友を知らないだろうか。

「そうですか、知りませんか」

悟は憮然《ぶぜん》とした声で返した。

そのときである。悟は全身に電流のようなものが走った。ふと、ある疑念が浮かんだのだ。

まさか、と彼は緊張した面もちで聞いた。

「では、宮前春子という人物はご存じですか？」

それには幸夫はすぐに答えた。

「もちろん知っている。亜紀が勤めていた会社のお友達だろう？　よく話は聞いていたよ」

全身の血が、ゆっくりと冷えていくのが分かった。もう、驚きはしなかった。悟は静かに目を閉じた。

「もしもし？　悟くん」

悟は受話器を握り直した。

「ちなみに、宮前春子さんは、今どこにいるか分かりますか？」

「確か、旦那さんと一緒に新潟に暮らしていると、亜紀は言ってたような気がするが」

悟は力なく言った。

「そうですか。ありがとうございました」

通話を切った悟は、しばらくその場に立ちつくしていた。

一体どうなっているというのだ。宮前春子はただの偽名ではなかった。『本物』がいたのだ。つまり、神崎一恵は『宮前春子』になりきっていたのである。

悟は、驚きや怒りを通り越して恐怖すら感じた。

彼女の何もかもが嘘だった。自分はそれに気づかず一緒に生活していた。

悟は、信頼し始めていただけにショックを隠しきれない。裏切られたという思いが一気に膨らんでいく。どんな事情があろうと、ここまで来ると悪意すら感じた。彼女の真の目的は何か。悟がそう考えるのも無理はなかった。

「俺は……ずっと騙《だま》されていた」

低いが語気は鋭かった。

悟の中で、彼女に抱いていた全ての想いが音を立てて崩れ去っていく。

インターホンが鳴った。悟の目が、光を放った。

悟はオートロックを解除した。一分とかからず玄関の扉は開いた。宮前春子は、いや神崎一恵は、コンビニの袋を片手に帰ってきた。

「どうしたんです？　そんな暗い顔して」

彼女の言葉が白々しく聞こえた。悟は下を向いたまま口を開いた。

「君は俺に何か隠していないか」

神崎一恵は平然と答えた。

「いいえ、何も」

「今ならまだ許してやる。何を隠している」

すると一瞬、神崎一恵の表情にかげりが生じた。しかし彼女は笑って誤魔化した。

「な、何を言ってるんですか」

あくまでシラを切る神崎一恵に、悟は怒りが沸き立った。

「そうか」

彼は鋭い目を向け、新聞を握って立ち上がった。そして、その新聞を神崎一恵に強く押しつけた。

「自分の目で確認してみろ」

悪い予感がしたのか、神崎一恵の顔は真っ青になっていた。彼女は怖々と新聞を捲《めく》っていく。社会面を開いた神崎一恵は、上から順に記事を見ていった。どうやら最後の記事に気づいたようだ。

彼女の右手から、コンビニの袋が落ちた。青いノートが袋から出た。

「それを見ても、まだシラを切るつもりか」

神崎一恵は黙っている。いや、固まっているといったほうが正しかった。

「行方不明とはどういうことだ。なぜ『宮前春子』などと嘘をついた。それだけじゃない。お前の話したことは全て嘘じゃないか。納得がいくように、説明してもらおうか」

神崎一恵は口を開くがなかなか声にならない。

「お前は亜紀の同僚なんかじゃない。新聞には霊能者と書いてある。お前は一体、亜紀とどういう関係なんだ」

悟は間を置くことなく問い詰めた。

「浄命寺のことだって書いてある。お前は寺へ行ったのか。亜紀が福島へ行った理由を本当は知っていたんじゃないのか」

さらに聞いた。

「お前は家を出てすぐに行方不明になっている。そして四日後にここへやってきた。その四日間、どこで何をしてたんだ」

いくら聞いても彼女は答えない。

「答えろ！」

大きな声を出すと、神崎一恵は震え出した。

「これは、私じゃない」

辛うじて出た言葉がそれだった。

「いいや、間違いなくお前だ」

悟は新聞を取り、神崎一恵の顔に記事を押しつけるようにした。

「しっかりと見ろ。お前に間違いないだろう」

彼女は視線をそらした。そして新聞を払いのけた。

「私じゃないと言ってるでしょ。しつこいわよ」

神崎一恵の声と態度が一変した。悟は怒りを通り越して呆れた。

「都合が悪くなると逆切れか。ええ？」

神崎一恵はまたダンマリだった。

「お前の本当の目的は何だ」

そう聞くと、神崎一恵は顔を上げた。

「うまく理由をつけてやってきたが、本当の目的は何だと聞いてるんだ」

「だから言ったじゃないですか。私は……」

悟は彼女の言葉を遮った。

「もういい。その先は聞き飽きた。いい加減、魂胆《こんたん》を言ったらどうだ？　俺たちを騙してどうするつもりだった？」

「騙す……」

「そうだ。お前は俺たちを騙していたじゃないか。結局何が目的だった？　金でも盗むつもりだったか」

悟は顔が引きつっていた。わざと挑発するようなことを言ったのだ。

「ひどい……」

「だったら納得がいくよう説明してくれよ」

しかし、神崎一恵は何も語ろうとはしない。

悟はとうとう、最後の決断を迫った。

「話せないなら、ここを出ていけ。信用できない女と暮らせるわけがないだろう。もっとも、お前には旦那がいるんだろう？　そこに帰れ」

神崎一恵は決断に長い時間を要した。結局、彼女は最後まで真実を語ることはなかった。

神崎一恵は寂しそうに言った。

「分かりました。出ていきます」

彼女は亜紀の部屋に向かい、荷物をまとめ出した。悟は止めなかった。

最初から少ない荷物である。仕度するのにそう時間はかからなかった。

「では、行きます」

そうは言うが、彼女にはまだ未練が残っているようだった。悟はそれを知りながら、

「ああ」と冷たく言い放った。

「今まで、ありがとうございました。これからも裕太くんのために頑張ってください」

悟はそっぽを向いていた。

「それと裕太くんに、ごめんねと伝えておいてください」

「分かったから早く行け」

彼女は、最後は涙声だった。

「さよなら」

神崎一恵は家を出ていった。悟は追いかけることはしなかった。亜紀が出ていったときと、まるで同じだった。

一人になった悟は、悔しさに震えた。

どうして全てを話してくれなかったのか。どんな事情があるにせよ、自分にだけは打ち明けてほしかった。

信用されていない証拠である。

しょせん俺なんてこんなもんかと、自分が情けなくもなった。

一ヶ月間、一緒に過ごした時間は何だったのだろうと思った。

悟は感情を抑えきれず、テーブルにあるタバコの箱を思い切り壁に投げつけた。

どれくらい経っただろう。突然家のチャイムが鳴った。自分の部屋で考え込んでいた悟はインターホンに出た。

「はい」

「東原ですが……」

悟はとっさに時計を見た。いつしか、裕太を迎えに出る時間になっていた。

「すみません」

オートロックを解除した悟は廊下に出た。エレベーターの扉が開く。東原と裕太が手をつなぎながら降りてきた。

裕太は、悟を見るとホッとした顔になり、東原から離れて悟のもとに向かった。

「先生、すみません。ついうっかりしてました」

悟は東原に頭を下げた。

「いえ、とんでもない。それより、あまり顔色がよろしくないようですが、大丈夫ですか？」

悟は顔を伏せた。

「大丈夫です」

「あまり、無理しないでくださいね」

「本当に、大丈夫です」

「それなら、いいのですが」

悟はふと顔を上げた。

「あの、来週の月曜から仕事が始まります。裕太に鍵を渡しておくので、先生よろしくお願いします」

「じゃあ、親戚の方はもういらっしゃらないんですか？」

悟は歯切れ悪く答えた。

「ええ、まあ……」

「分かりました。責任を持ってお部屋までお送りします」

東原は裕太に手を振った。

「じゃあね、裕太くん」

「バイバイ、先生」

裕太は東原に挨拶して部屋に入った。しかし、いつものように彼女はやってこない。裕太はすぐに違和感を感じたようだ。靴を脱ぎ、亜紀の部屋に走った。裕太は、『宮前春子』がどこにもいないことを知り、悟に聞いた。

「ねえ、お、おばさんは？」

悟は答えられない。

「ねえ、どこに行ったの？」

悟は仕方なく嘘をついた。

「おばさんは、もうここにはいられなくなって、おうちに帰ったんだ」

「嘘だ！」

いきなり大声を上げたので悟はびっくりした。

「嘘なんかじゃないよ、本当に」

裕太はダダをこねるように言った。

「ヤダ！　ヤダヤダヤダ！」

裕太がここまで感情を露《あら》わにするのは珍しかった。

「おばさんいなきゃヤダ！　連れてきて！」

しまいには泣き始めた。悟は裕太を叱りつけた。

「いい加減にしなさい」

しかし裕太はさらに大きな声で泣く。

「うるさい！」

怒鳴っても裕太は言うことを聞かなかった。悟はどうしたらよいのか分からなかった。

裕太は自分の部屋に駆け込み泣きじゃくる。悟は扉をノックした。

「おい裕太、パパが悪かったよ」

鍵をかけられてしまったので入れなかった。

「出てきなさい」

優しく言っても裕太は部屋から出てこなかった。疲れた悟は、うんざりしたように溜息を吐き、冷たく言い放った。

「勝手にしろ」

悟も自分の部屋に入った。が、裕太の泣き声はここまで聞こえてくる。耳を塞いでも遮断しきれなかった。かん高い鳴き声が悟の神経を逆撫でする。彼はとうとう我慢できなくなり、机に置いてある本を取って扉に投げつけた。しかしすぐに後悔した。

これでは前の自分に逆戻りである。

今のままでは、裕太との間に溝が生まれてしまう。そう感じた悟は夕食作りを開始した。隣に彼女はいないが、身体が手順を覚えている。簡単な物しか作れなかったが、何とか食卓に並べることができた。悟は再び裕太の部屋に向かい、扉をノックした。

「裕太、ご飯ができたぞ。一緒に食べよう」

裕太は泣きやんではいるが、返事がなかった。

「パパ、一生懸命作ったんだ。出てきてくれないか」

しかし裕太は部屋から出てくる様子はなかった。それでも、今度は諦めなかった。

「分かった。じゃあ食べたくなったら出てきなさい。待ってるから」

悟はそう言ってダイニングテーブルの前に座った。裕太が来るまで、悟は食事を待つことにした。しかし、いくら待っても裕太の部屋の扉は開かなかった。

悟が席を立ったのは夜中の十二時だった。一人で食事をした悟は、食器を洗いながら、裕太について深く悩んだ。裕太にとって、彼女は大事な存在だったことは分かる。しかし、まさかここまでとは思わなかった。

悟は改めて知った。『宮前春子』は、裕太の母親の代わりをしてくれていたのだ……。

17

十二月一日、悟は久しぶりに会社に向かった。異動初日なので今日は朝から忙しくなりそうだが、気持ちを仕事に切り替えられない。神崎一恵と裕太のことばかり考えている。

あれから彼女は夫の待つ家に帰ったのだろうか。連絡がないのでそれすらも分からない。あんな言い方をして追い出したのだ。連絡が来るほうがおかしいか……。

だからといって、こちらから連絡してはならない。彼女とはもう何の関係もないのだし、それは自分のプライドが許さなかった。もっとも、神崎一恵の携帯の番号を知らなかった。そもそも、携帯電話を持っているかどうかすらも知らない。悟は、『神崎一恵』のことは何も知らないんだなと思った。

それよりも裕太のことが心配である。『宮前春子』がいなくなり、すっかり元気をなくしてしまった。ご飯もろくに食べないし、話しかけてもほとんどしゃべらない。それでも今朝、幼稚園には行ってくれたが、東原が声をかけてもずっとうつむいたままだった。東原に事情を聞かれたが、曖昧な答えしか返せなかった。

裕太の心は確実に、『宮前春子』を求めている。しかし悟にはどうするべきか分からない……。

第一編集部の面々は、相変わらず黙々と仕事をしていた。悟が姿を見せると、みんながヒソヒソと話し始めた。悟はそんな連中など気にせず、井上と竹内に挨拶した。二人とも、文庫編集部で頑張ってくれと言ったが、竹内のほうには皮肉が込められていた。ざまあみろと言わんばかりの竹内に、悟は「お世話になりました」と頭を下げて彼のもとを去った。挑発に乗ってこない悟に竹内は意外そうな顔をした。

悟は、私物の入った段ボール箱を持って、扉に向かう際に川田紀子を見た。しかし彼女は最後まで彼の存在に気づかないふりをしていた。

それでいい、と心の中で言って、悟は第一編集部をあとにした。

そのまま二階の文庫編集部に向かった。フロアの広さや、部内の雰囲気は第一編集部と同じだが、仕事内容はまったく違う。悟は口元を引き締めて、中に入った。

悟が現れると、またみんなのヒソヒソ話が始まった。白い目で見る者もあった。悟は気にせず、文庫編集長である野本《のもと》に挨拶した。

「野本さん」

声をかけると、野本は顔を上げ、おっとりとした目で悟を見た。噂どおり人の良さそうな人物だった。

「今日からお世話になります。よろしくお願いします」

野本は穏やかな口調で言った。

「こちらこそよろしくね」

当然野本も、悟が文庫編集部にやってきた理由を知っている。しかし彼は一切そのことには触れなかった。

「みんな聞いてくれ」

声は大きいが、やはりのんびりとした調子だった。

「今日からここに配属になった森くんだ」

悟はみんなに挨拶した。

「よろしくお願いします」

ちらほらと挨拶が返ってきた。

「そういうことだから、よろしく」

野本はそう言って、悟に視線を戻した。

「君のデスクは、あそこだから」

野本はフロアの隅を指差した。

「はい」

「それとね、早速なんだけれど、君には篠野《しのの》伸吾《しんご》さんの文庫準備をしてもらおうと思ってるんだがね」

篠野伸吾はホラー小説を得意とする作家だ。彼はもう五十近いはずだが、若者に人気があり、文芸界では売れている一人である。とはいっても、後藤田と比べると売り上げ部数は十分の一にも満たない。以前の悟だったら鼻で笑って断っているだろう。

「二ヶ月後に、篠野さんの『子守歌』が文庫になる」

野本はそう言いながら『子守歌』の単行本を渡してきた。悟はそれを受け取った。

「とりあえず読み終わったら、第一編集部の担当者の指示を仰いで、早速入稿してくれ。ちなみに、篠野さんには君が担当になることはすでに伝えてあるが、挨拶しに行くのは来週でいいからね。今週は執筆活動で忙しいみたいだから」

「分かりました」

「それと、午後からは部数決定会議がある。君にも出席してもらうから」

「はい」

悟は自分のデスクに鞄と段ボール箱を置いて座った。彼は段ボール箱から私物を取り出し、机の中にしまっていく。一とおり整理したところで、野本から受け取った本に目を通した。が、頭に文字が入っていかない。どうしても神崎一恵と裕太のことを考えてしまう。集中しようとすればするほど、二人の顔が頭に浮かぶ。ようやく物語に入り込んだと思った矢先だった。携帯電話が震えた。もしや、と思いディスプレイを確認した悟は無意識のうちに肩を落としていた。

かけてきたのは父・稔だった。悟は廊下に出て電話に出た。

「もしもし、どうしたんだよ、こんな昼間に」

「すまんすまん。今、平気か？」

昔から無神経な父だった。仕事だというのが分からないのだろうか。

「何だよ一体」

うっとうしそうに聞くと、稔は遠慮がちに言った。

「今日の夜なんだが、時間を作ってくれないかな」

「どうして」

稔は急に緊張した口調になった。

「た、たまには、飯でもさ、食いに行こうじゃないか」

父が食事に誘うなんて珍しかった。言葉がぎこちないのは照れのせいか。

「何だよ、急に」

「まあまあ、そう言わず。いいじゃないか。裕太くんも連れてさ」

稔はそう言ったあと、しまった、というように「あっ」と声を洩らした。

「裕太くんは、もうあちらのご両親に？」

「いや、一緒に暮らしてる」

それを聞いた稔は安心した声で言った。

「そうか、なら一緒に行こう。たまにはいいだろう？　な？」

最初は断ろうと思ったが、裕太は今ひどく落ち込んでいる。外に連れていけば、少しは気が紛れて元気が出るのではないかと考えた。

「分かったよ。じゃあ行くよ」

「そうか！　なら七時半頃、渋谷駅のハチ公前でどうだ」

「分かった」

「じゃあ、七時半な」

通話を切った悟は首を傾げた。普段、食事になんて誘わない父が、急にどうしたというのだろう。何が何でも食事に連れていく、という気配が感じられた。もしかしたら他に目的があるのかもしれないが、悟にはまったく想像がつかなかった。

その夜、仕事を早めに切り上げた悟は、一度自宅に戻ると、裕太を連れて渋谷に向かった。

裕太は依然として暗い。外でご飯を食べると言えば、少しは元気を取り戻してくれるのではないかと期待したのだが、裕太は興味すら示さなかった。

約束のハチ公前で待っていると、十分ほど遅れて稔がやってきた。悟は軽く手を上げた。稔はこちらに気づくと歩調を早めてやってきた。その後ろには、化粧の濃い、ぽっちゃりとした中年女性と、三十代前半くらいだろうか、艶やかな長い髪の毛とスラリとした長身が特徴の女性がいた。二人の体型や雰囲気は正反対だが、よく見ると、ぱっちりした大きな目と、真ん丸で小振りの鼻、そして頬骨の張り具合がそっくりである。もしかしたら親子かもしれなかった。

彼女らが一緒だと分かったとたん、悟の表情が曇った。

稔は今日、知り合いを連れていくなど一言も言っていなかったではないか。

もしや、と悟はこのときから嫌な予感があった。

「お待たせ」

稔は言って、裕太の頭を撫でた。

「裕太くん、久しぶり。元気だったかな？」

裕太はかすかにうなずいた。

「どうしたのかな？　あまり元気がないな。それとも、まだおじいちゃんに慣れてないのかな？」

裕太は口を開くどころか、うつむいてしまった。

「何かあったのかな？　お父さんに怒られたか？」

稔はしつこく尋ねる。悟は稔の袖を強く引っぱり、耳元で聞いた。

「それより、後ろの二人は誰？」

「ああ、そうだった」

稔はまず、中年女性のほうから紹介した。

「同じ職場で働く、崎田《さきた》順子《じゅんこ》さん」

稔は、昔作った借金を返し終えてはいるが、今も小さな町工場で働いている。

「初めまして、崎田です。お父様にはいつもお世話になっております」

悟はとりあえず挨拶を返した。

「どうも」

稔は嬉しそうに、もう一人の女性を紹介した。

「そしてこちらが、娘さんの温子《あつこ》さんだ」

「初めまして」

温子は緊張した声で挨拶した。

彼女は悟と目が合うと、恥ずかしそうに下を向いた。悟はこの瞬間、稔が食事に誘った真の目的を知った。確信したと言ってもいい。悟は、自分の予想が外れているのを願った。

稔は、裕太の頭に手を置いて、二人に誇らしげに言った。

「で、この子が私の孫の裕太です」

順子が裕太に尋ねた。

「坊や、いくつ？」

しかし裕太は答えない。稔は苦笑を浮かべて代わりに答えた。

「四歳です」

「そうですか、一番可愛い時期ですね」

「ええ、それはもう」

悟は、本題を忘れている稔の脇腹を突ついた。

「どういうことだよ、これは。聞いてないぞ」

稔は顔を引きつらせながら言った。

「とにかく、飯を食いながら話そう。な？」

稔は悟の手を引っぱって歩いていく。悟はそれを振りほどいた。後ろの二人は、そのやり取りを見てクスクスと笑っていた。

稔は焼肉屋を見つけると迷わずに入った。裕太を喜ばせようと焼き肉を選んだのだろうが、裕太は喜ぶどころか表情一つ変えない。稔がメニューを渡しても首を振って拒否した。

稔は心配そうに悟に聞いた。

「おい、どうしたんだ？　本当に元気がないじゃないか。それとも、あまり焼き肉は好きじゃないかな」

悟は、下を向く裕太を見ながら答えた。

「気にしないでくれ。ちょっと、体調が悪いみたいなんだ。そっとしといてあげてくれ」

稔は残念そうな顔を見せた。

「そうか。それじゃあ仕方ないな。久しぶりに、たくさん話したかったんだけどな」

そう言って、稔は崎田親子にメニューを渡した。

「お好きな物をどうぞ」

二人はメニューを見ている。悟は崎田親子に気づかれぬよう、稔に小声で聞いた。

「それより、どういうことだって聞いてるんだ」

しかし稔は、まあまあと言うだけで答えない。崎田順子に話しかけて誤魔化した。

「崎田さんとはもう長いですよね。何年でしたっけ？」

悟は呆れるように溜息を吐いた。

「そうですね、夫が亡くなってすぐに働き出したので、もう五年近くになりますか」

「ですね。五年とは早いものですな」

「本当に」

稔は店員を呼んで料理を注文した。こんなにも手際の良い父を見るのは初めてだった。張りきっているように見える。

店員が去ると、稔は温子に話しかけた。

「で、温子さんは今、おいくつでしたっけ？」

「ちょうど、三十になりました」

「ほう、まだまだお若いですな」

悟はビールを飲みながら二人のやり取りを聞いていた。

「どうだ悟、可愛らしい人だろ？」

突然そんなことを聞かれたので悟は咳き込んだ。稔は大声で笑った。

「何を照れてるんだ」

「別に」

「温子さんは二年前に離婚して、今はお母さんと二人暮らしなんだ」

悟は『だから何だ』と言いそうになった。

順子が付け足すように言った。

「五年前に夫が亡くなりまして、その直後にこの子が結婚して、寂しい思いをしていたんですが、今はこの子が家事などいろいろとやってくれているので助かってます」

「はあ」

稔は腕を組み、温子の顔をまじまじと見ながら言った。

「もったいないよな。こんな可愛らしくて、お母さん思いの優しい女性が一人だなんてな」

温子は、そんなことありません、と謙遜《けんそん》する。

「でも、別れて正解でした。浮気にギャンブルと、どうしようもない男でしたから」

順子が横から口を挟んだ。

「私は最初から反対だったんですよ。なのに、勢いで結婚しちゃって」

頬を膨らませる順子を、稔がなだめた。

「まあまあ、今さらそんなこと言っても仕方ないじゃありませんか」

「そうですけどね」

そこに注文した料理がやってきた。稔は肉を焼きながら温子に質問した。

「お母さんに聞きましたが、今は花屋さんで働いているんでしょう?」

「ええ、そうです。昔からお花が大好きでしたので」

「趣味なんかは？」

「読書ですかね。あと、絵を描くのも好きです」

「それは素晴らしい」

稔は目を輝かせて褒めた。いかにもわざとらしい態度だった。

「子供のほうはどうですか？　好きですか？」

温子は声を弾ませた。

「もちろん、大好きです」

稔は満足そうにうなずいた。

「どうだ悟、いい人だろ？」

稔は肉をひっくり返しながらさりげなく聞いた。悟は温子を一瞥する。彼女の強い視線が向けられていた。

「実はな、少し前にお前のことを崎田さんに話したんだ。そしたら、温子さんがぜひ会ってみたいと言ってくれてな、それでお連れしたんだよ」

ようやく稔が真の目的を打ち明けた。もっとも、言われなくともそれに気づいてはいた。しかしまさか、不器用な父がそんな気遣いを見せるとは思わなかった。

「亜紀さんが亡くなったばかりだから、まだそんな気にはなれないと思うが、裕太くんを一人で育てるのは大変だろう？」

悟は隣に座る裕太を見た。裕太は依然、うつむいたままだった。この話を理解しているのかどうかは分からなかった。

「別に急かしてるわけじゃないんだがな……この機会に、お付き合いしてみたらどうだ？」

温子は頰を赤らめて悟を見た。順子の期待に満ちた視線も注がれる。

「温子さんは、子供が一緒でもいいと言ってくれてるんだよ」

悟は、自分の知らないところでそこまで話は進んでいたのか、と思った。

「森さん、気が早過ぎますよ。まだ会ったばかりですよ」

そう順子は言うが、まんざらでもなさそうだった。稔は自分のおでこを軽く叩いた。

「そうでしたな。いかんいかん」

「そうですよ」

二人は勝手に盛り上がっている。稔は愉快そうに笑ったあと、真剣な声の調子で言った。

「こんないい人なかなかいないと思うがな。温子さんのこと、考えてみてはどうだ」

良いところを見せようと思ったのか、温子が急に裕太に話しかけた。

「裕太くん、お肉食べようか」

しかし裕太は反応しない。それでも温子は熱心に接した。焼き上がった肉を裕太の皿に載せた。

「裕太くん、美味しいよ」

「あの、温子さん」

悟は、今はそっとしておいてくれ、と言おうとしたのだが、突っ走る温子は悟の声など聞こえていないようだった。

「どうしたの？　食べないの？　食べないと大きくならないぞ？」

そのときだ。裕太が目の前の皿を手で払いのけた。

「いらない！」

皿が割れると、店内が静まり返った。悟以外の三人は、口をポカリと開けて固まってしまった。

「裕太！　何をするんだ！」

「いらないと言ったらいらない！」

「いい加減にしないか！」

悟が叱りつけると、裕太は大声で泣き始めた。温子は責任を感じ、すみません、すみません、と繰り返す。

「いや、あなたが悪いわけじゃありません」

悟は裕太を抱き上げて立ち上がり、順子と温子に頭を下げた。

「申しわけありません。今日はこれで失礼します」

「お、おい」

後ろから稔に声をかけられたが、悟は振り返ることなく裕太を連れて店を出た。

悟は渋谷の交差点を歩く。

泣きわめく裕太を見て、彼は神崎一恵の顔を思い浮かべた。

裕太の精神状態は日に日にひどくなっている。

俺はどうしたらいい？　と悟は心の中で神崎一恵に聞いた。

やはり裕太には、彼女が必要なのだろうか。悟はただひたすら葛藤していた。


悟は前方からやってくるタクシーに手を上げた。目黒駅、と告げると運転手は了解し、車を発進させた。裕太はよほど疲れたのか、しばらくすると眠ってしまった。

目黒駅から自宅までの道を案内し、悟は裕太を抱えて車から降りた。

マンションの鍵を取り出したとき、携帯電話が鳴った。かけてきたのは予想どおり稔だった。悟は電話に出た。

「もしもし」

「悟か」

遠慮がちな声だった。

「何？」

稔は何て言ったらよいのか分からない様子だった。

「いや、その、さっきは勝手なことをしてすまなかったな」

「別に」

「裕太くんは、大丈夫か？」

「大丈夫。今眠ってるよ」

稔はそれを聞いて心底安心した様子だった。

「そうか、それならよかった。ずっと心配してたんだよ」

「本当に大丈夫だから。じゃあ切るよ」

そう言うと稔は慌てて止めた。

「ちょ、ちょっと待ってくれ」

悟はうっとうしそうな声を出した。

「何だよ」

「温子さんがな、お前と少し話したいそうだ。今代わる」

「お、おい」

拒否しようとしたが遅かった。

「もしもし、悟さんですか」

まったく余計なことをしてくれる、と悟は稔を恨んだ。

「はい」

「先ほどは本当に申しわけありませんでした」

「もう、大丈夫ですから。気にしないでください」

悟は早く電話を切りたかった。

「すっかり裕太くんには嫌われてしまいましたね」

「別に、そんなことはありませんから」

「でも裕太くんが怒るのも無理はないですよね。初めて会った女の人に、あんな母親のようなことをされたら」

「いや、だから」

「悟さんにも申しわけないと思っています。親たちが勝手にその気になって、私まであなたの気持ちを考えずに突っ走って」

悟は溜息を吐きそうになった。

「でも、迷惑だと分かっていても、後悔したくないから言います。私のこと、真剣に考えてはもらえませんか」

「……後悔」

今の悟の胸には、その言葉が強く響いた。

「そうです。私はもう、後悔したくないんです」

どうやら彼女は二度目の結婚のことを言っているようだが、悟からすればおかしな話だった。

「しかし、一度会っただけで、後悔とは大袈裟でしょう」

「おっしゃるとおりです。でも、あのときにこうしておけばよかった、とは思いたくないんです。もちろん、あなたの第一印象が良かったから、そう思うんです」

温子は一拍置いて言った。

「悔いの残る人生は嫌ですから」

まるで、悟の心の中を知っているかのような言葉だった。彼は今、温子ではなく、神崎一恵のことを考えている。全身が熱くなっていくのが分かった。

「すみません。何と言われても、あなたのことは考えられません」

はっきり断ると、温子は力ない声で言った。

「そうですか」

悟は彼女のためにも優しい言葉はかけられなかった。

「失礼します」

電話を切った悟は、その場に立ちつくしていた。後悔という言葉が、頭の中でグルグルと駆け回っている。

またしても携帯電話が鳴った。しかし今度は稔ではなく、幸夫からだった。

「もしもし」

「悟くん？」

幸夫は妙に興奮していた。

「どうか、しましたか？」

幸夫は、力強く言った。

「聞いてくれ悟くん。とうとう亜紀の訴訟を起こすことになったよ！」

「本当ですか」

「ああ。事故直後の運転士と指令室の会話が録音されているんだが、その分析の結果、運転士は緊急停止の措置を取らなかったことが分かったんだ。しかも、現場付近は大きなカーブになっているにもかかわらず、制限速度をはるかに超えるスピードで走っていたことが分かった。事故は地震が引き金にしても、過失の割合が大きいことが分かってきたんだ」

しかし今は正直、亜紀の訴訟に目を向ける余裕がなかった。

「君にも協力してもらうことがあるだろう。そのときはよろしく頼むよ」

「……はい」

「じゃあ、また連絡する」

「あ、ちょっと待ってくださいお義父さん」

「うん？　どうしたんだ？」

悟は決心して言った。

「一つ、お願いがあるんですが」

18

神崎一恵にはもう会ってはいけない。そう自分に言い聞かせてきたが、悟は崎田温子の言葉に改めて考えさせられ、そして心を突き動かされた。

今まで、ずっと自分に嘘をついていた。

本当は、神崎一恵を想っている。彼女が常に、心の真ん中にいる。裕太だけではない、自分も彼女を必要としている。仕事のミスで自棄になったとき、支えてくれたのは彼女だった。家族の良さを教えてくれたのも彼女だ。神崎一恵がいなければ、自分は一生独りだった。

どうしてあのとき、あんな言い方しかできなかったのか。もっと冷静に話し合えば、結果は変わっていたのではないか。悟はそう後悔している。

彼女の真実を知らぬまま別れるなんて、これでは亜紀のときと同じではないか。自分は同じ過ちを繰り返しているのだ。

今のままでは一生悔いが残る。自分のために、そして裕太のためにも、もう一度会って話し合う必要がある。

そこでまず、自分の正直な気持ちを打ち明けるのだ。彼女に旦那がいようが、相手の想いがどうであろうが関係ない。とにかくまず、自分の想いを伝える。それでも、彼女が真実を話せないのなら仕方がない。それが自分への答えであり、別れるしかないだろう。ただそうなったとしても、最後にお礼は言いたい。

しかし、悟は彼女の連絡先を知らなかった。亜紀の携帯電話を調べようかと思ったが、あいにく、亜紀の携帯電話は地震事故の際に壊れてしまった。

そこで悟は、亜紀の手帳になら神崎一恵の連絡先が書いてあるのではないかと考えたのだ。

翌朝、悟は会社に行く前に亜紀の実家に寄り、幸夫から亜紀の手帳を借りた。そして会社に向かう途中、それを開いた。

しかしどういうわけか、どこを探しても神崎一恵の名前はなかった。

悟は頭を悩ませた。亜紀は知人の連絡先は必ず手帳に記していた。ここに載っていないとは、一体どういうことだろうか。亜紀がただ書かなかっただけか。ならば、亜紀の友人に神崎一恵の連絡先を知っている者はいないか。

悟は、ある女性の名前に注目した。神崎一恵がなりきっていた『宮前春子』である。彼女なら、神崎一恵のことを知っているはずだった。

社に到着した悟は、宮前春子の携帯電話に連絡した。知らない番号なので警戒しているのか、なかなか出ない。しつこく鳴らしていると、ようやく女性の声が出た。

「もしもし」

宮前春子はやはり警戒した声だった。

悟は名乗る前に確認した。

「もしもし、宮前春子さんでしょうか？」

「ええ、そうですが……どなたですか？」

「森悟と言います」

名前を言うと彼女の声の調子が変わった。

「森さん？」

一瞬誰か分からない様子だったが、

「もしかして、亜紀の……」

と少し遅れて気づいた。

「そうです」

電話の向こうに、『本物』の宮前春子がいる。声やしゃべり方はまったく違うとはいえ、悟は複雑な心境だった。

「初めまして」

「あ、どうも」

彼女は、なぜ亜紀の旦那から連絡が来たのか、まったく見当がつかないようだった。

「突然電話してすみません。あなたに、一つお聞きしたいことがありまして」

「はあ……何でしょう？」

「亜紀の友人の、神崎一恵さんをご存じですよね？」

「カンザキカズエさんですか？」

と宮前春子は聞き返した。

「ええ、そうです」

彼女はしばらく考えていたようだが、

「さあ、知りませんね」

と答えた。その瞬間、悟はまた混乱してしまった。

なぜ宮前春子は神崎一恵を知らないのだ？　神崎一恵は彼女の住む場所から経歴ま

で知っており、それに偽りがないことは幸夫が証明している。

「よく思い出してみてください。四十歳くらいの、背の小さい、口元に大きなホクロがある女性です。本当に知りませんか」

「さあ、知りませんね」

悟は諦めきれず、しつこく尋ねた。

「本当ですか？　亜紀から、名前くらい聞いたことがあるでしょう？」

宮前春子は断言した。

「ないです」

そんなバカな、と彼は頭の中で叫んだ。

「では、では……」

悟は聞くべきことを見失った。冷静になれ、と自分に言い聞かせた。

「亜紀は生前、ある霊能者と出会った、などと言ってませんでしたか？」

「霊能者ですか？」

宮前春子は、変な男だ、と思っているに違いないが、そんなこと気にしてはいられなかった。

「ええ、そうです」

彼は期待したが、宮前春子の答えは同じだった。

「言ってませんね」

悟は考え込んでしまい、返答が遅れた。

「あの、森さん？」

悟はハッとなった。これ以上、何を聞いても神崎一恵の手掛かりは掴めそうになかった。

「すみません。分かりました。ありがとうございました」

電話を切った悟は、どうなっているんだ、と頭を抱えた。ミステリー小説でも読んでいる気分だった。

宮前春子は、神崎一恵の名前すら聞いたことがないという。なぜここで矛盾が生じるのだ。

神崎一恵は、どこで宮前春子の情報を得たのだろう。亜紀、もしくは他の友人から知ったと考えるのが自然である。しかしなぜあえて宮前春子だったのか。

そう考えた悟は、電話帳に載っている全ての者に連絡した。しかし、電話に出た者はみな、神崎一恵を知らないと言った。この調子だと、連絡がつかない者も知らないような気がした。

悟は自問自答を繰り返した。

そこでふと、ある疑念が浮かんだ。

彼女は本当に、『神崎一恵』だったのだろうか。まったく別の人間だったということはないか。

悟は、それは絶対にありえないと首を振った。新聞に載っていた顔写真は明らかに彼女だ。神崎一恵だって激しく動揺していたではないか。自分と関係がなければ、感情の変化はないはずだ。

ではなぜ、次々と矛盾が出てくるのか。

悟はある仮説を立てた。

亜紀や宮前春子は、彼女の本名を知らなかったのではないか。つまり、神崎一恵は別の名前を使っていた……。

もしそうだとして、理由が分からない。友人にまで偽名を使わなければならない事情とは何か？

これで、この手帳に彼女の連絡先が書かれている可能性がまた出てきた。もっとも、亜紀に偽名を使っていたのなら、であるが。

ただ、手帳には女性の名前が三十以上もあり、先ほど電話に出たのが十一人。残りのどれかに、神崎一恵の連絡先があるとして、手帳を見ただけでは見当もつかなかった。悟の知る名前が一人もいないのである。

この分だと、宮前春子にはもう少し協力してもらうことになるだろう。自宅にある新聞の顔写真をデジカメ、もしくは携帯電話で撮影し、それを宮前春子に見せ、改めて名前を聞くのだ。

しかし、その名前が手帳にあったとしても、宮前春子はそれ以上のことは知らないだろう。つまり、彼女の職業や、現住所などについては……。知っていたとしても、それは事実ではないだろう。神崎一恵は、本名すら隠したのだから……。

そのときである。

悟は突然、胸騒ぎを覚えた。ふとこう思ったのだ。

彼女は今、どこで何をしている？

根拠はないが、あれから、夫の待つ家に帰ったと思い込んでいた。が、これだけ謎の多い女性である。まさか、という思いが胸に迫ってきたのだ。

ただの予感にしては胸が騒ぐ。虫の知らせかもしれなかった。いよいよ不安になってきた悟は、秋田警察署の番号を調べ、電話した。

「はい、秋田県警察本部です」

女性の声が出た。

「もしもし、私、講文社の森と申しますが」

出版社として名の知れた社名を言えば、聞きやすいと悟は考えた。

「先週木曜日の新聞に行方不明と書かれていた、神崎一恵さんについてお聞きしたいことがあるのですが」

「少々お待ちください。担当の者と替わります」

間もなく、男の声に替わった。

「もしもし、お電話替わりました」

「私、講文社の森と申しますが」

「神崎一恵さんについてということですが、取材か何かですか？」

「ええ、まあそうです」

悟は嘘をついた。すると男は困ったように言った。

「でしたら、新聞に書いてあることしか答えられませんな」

このときから悟は動悸が速くなっていた。どうやら、悪い予感は的中しそうである。

悟は恐る恐る聞いた。

「と、いうと？」

「未だ何の手掛かりも摑めていないということです」

「つまり」

声が、震えた。答えは分かっているが、悟は確認せずにはいられなかった。

「神崎一恵さんの行方は、分かっていないということですね？」

「そういうことです」

まだ冷静でいられたのは、それを予感していたからである。それでも悟の顔は色をなくしていた。

神崎一恵が、消えた。

とてつもない不安が、胸に襲ってきた。


自宅についた悟は、すぐに宮前春子に連絡し、神崎一恵の顔写真を見てほしいとお願いした。そして、携帯電話で顔写真を撮影し、教えてもらったメールアドレスに送信した。

すると三分も経たないうちに電話が来た。しかし、期待した答えは返ってはこなかった。彼女は、まったく知らないと言ったのだった。しつこく尋ねても答えは同じだった。もういいですかと迷惑そうに電話を切られてしまった。

悟は、神崎一恵の記事が載っている新聞を、力なくテーブルに置いた。そしてソファに腰を落とし、両手を顔に当てて、大きな溜息を吐いた。

どうなってるんだと彼はつぶやいた。宮前春子は神崎一恵の顔すら知らなかった。少なくとも、宮前春子には偽名を使ってはいなかった。もしかすると、神崎一恵も宮前春子の顔を知らないのではないか。そんな気がする。

では、亜紀に対してはどうだったか。偽名を使っていたのなら、手帳に連絡先が載っている可能性はある。しかし悟は載っていない気がした。直感だが、亜紀は神崎一恵のことをよく知らなかったのではないか。

しかし神崎一恵は、亜紀が事故で亡くなる一ヶ月前に一緒に食事をしたと言っている。そのときに、私に何かあったら夫と裕太を頼むと亜紀に言われたと話している。だが、それすらも嘘だったのではないかと考えている自分がいる。そこまで疑いたくはないが、そう思うのも無理はなかった。亜紀が自分の死を知っていたかのようなことを言ったのは、ただの偶然だと思っていたが、よく考えてみればでき過ぎている話だ。

仮にそれも嘘だったとしたなら、彼女はなぜここにやってきたのか……。

それより、神崎一恵は今どこにいるのか。第一に考えるべきはそのことだ。

まさか何らかの事故に巻き込まれたのではないかと、嫌な想像を膨らませてしまったが、縁起でもないと悟はそれを否定した。

ここを出た彼女の頭に最初に浮かんだ場所はどこだったのか。少なくとも夫の待つ家ではなかった。

では、どこだろうか。

悟は、浄命寺しか思いつかなかった。彼女は自宅を出る前、浄命寺に行くと夫に言っている。ここを出ていったあと、彼女はあのお寺を訪れてはいないだろうか。あそこに行けば、何らかの手掛かりが摑めるのではないか。

だが、それはなさそうだった。警察は捜索を開始してすぐに浄命寺に聞き込みに行っているはずだ。もし彼女が訪れていれば、情報はすぐに警察に伝わる。しかし警察は、まだ何の手掛かりもないと言った。つまり、彼女は寺には訪れていないということになる。それとも、そこまで詳しく話さなかっただけか。『取材』に警戒して細かい捜索状況を教えなかった可能性は十分にある。

いや、もう迷っている時間などない。わずかな可能性があるなら、その道をたどって行くしかなかった。

悟は明日、仕事を休んで福島県に行くことを決めた。


翌日、悟は裕太を連れて福島県に向かった。

福島駅についた悟はタクシーに乗り、浄命寺と運転手に告げた。

一時間後、タクシーは白川村に入った。道が悪く、車がガタガタと揺れる。

「裕太、大丈夫か？」

声をかけると、裕太は小さくうなずいた。

川沿いをしばらく走ると、広大な森が見えてきた。車は木々に囲まれた細い道に入る。

三輪山が見えてくると、悟の心臓はひとりでに速くなった。

タクシーはお寺の入り口手前で停車した。悟は運転手に、福島駅まで帰るからここで待っていてくれと告げた。運転手は快く了解した。

悟は裕太と手をつなぎ、石段をゆっくりと上っていく。子供にはきつい段数だが、裕太はダダをこねることはなかった。むしろ、先に疲れて歩くのをやめたのは悟のほうだった。

小休止を終え、二人は再び石段を上った。相変わらずカラスの鳴き声がうるさいが、裕太は怯えることなく進んだ。

ようやく階段を上り終えた二人は、本堂に向かって進んでいく。

「どうされました?」

住職はまたしても突然背後から現れた。悟が振り返ると、住職は、ハッとした顔になった。

「おや、あなたは」

かん高い声で言った。悟は丁寧に頭を下げた。

「その節は、どうも」

住職は頬を緩ませて悟と裕太に近づき、

「こんにちは」

とお辞儀をした。相変わらず一つひとつの動作が上品だった。

裕太は住職の格好が珍しいのか、じっと見上げていた。住職が下を向くと、裕太は素早く視線を下げた。住職は、フフフッと笑って裕太の目線まで屈んだ。

「お名前は？」

裕太は困ったように目をキョロキョロとさせた。代わりに悟が答えた。

「すみません。人見知りする子なんです。裕太と言います」

「何歳ですか？」

「四歳です」

「そうですか」

と住職は言って立ち上がった。

「かわいいお子さんですね。あなたにそっくりだ」

悟は裕太を見て言った。

「そんなに、似てますかね」

「ええ、とても」

悟は頬を赤らめた。

「それは、どうも」

「ところで」

住職の声の調子が突然変わった。おっとりした目で悟を見つめた。

「どうか、しましたか？」

住職は真剣な声で聞いた。

「あれから、亡くなった奥様に対して、気持ちは変わりましたか？」

亜紀の顔が脳裏に浮かんだ。悟は「はい」と素直にうなずいた。

「ご住職の言うように、妻の想いを信じてやろうと思います」

そう答えると、住職は優しく微笑んだ。

「そうですね。それを聞いて安心しました。奥様はきっと、あなたと裕太くんを見守ってくれていますよ」

「ありがとうございます」

悟が顔を上げると、住職は改めて聞いた。

「それで、今日はどうされましたか？」

悟は姿勢を正して言った。

「今日は、住職さんにお聞きしたいことがあってやってきました」

住職は意外そうな顔をした。

「私に？　何でしょう」

悟は住職の目を真っ直ぐに見つめた。

「霊能者の、神崎一恵さんをご存じですよね？」

住職は、当然というようにうなずいた。

「もちろん。私が最も尊敬する方の一人です」

「やっぱり……。その神崎さんが、行方不明だということもご存じですよね？」

「はい。一ヶ月前くらいでしょうか、警察の方が来られました。彼女に関する情報がまったくないようで、私も心配しております」

ということは、やはり神崎一恵はここへは訪れていないということになる。悟は落胆の色を隠せなかった。

「どうされました？」

悟は、何でもありません、と言って質問を続けた。

「新聞によると、福島で地震が起こった日、彼女はこの寺に向かうと言って家を出たそうなんですが……」

住職は悟がしゃべりきる前に首を横に振っていた。

「ええ、警察の方にお聞きしました。しかし彼女は来られませんでした。地震の際に起きた事故に遭われたのではないかと心配したのですが、警察の方はそれはないだろうと言っておりました。そうだとしたら、とっくに発見されていると言うのです。では、彼女は今どこにいるのでしょうか。なぜ突然彼女の行方が分からなくなったのでしょう。本当に心配です」

神崎一恵はここへは向かわず、悟の住むマンションにやってきた……。

「そもそも、神崎さんはなぜここへ来ようとしていたのでしょうか?」

「心霊相談のためでしょう。あの方は、全国各地のお寺を回ることで有名ですからね。各地で除霊や死者の魂を呼び出したりして、相談に来られた方を救っておいでなんです」

「そうですか」

と彼はつぶやき、今度は神崎一恵という人物について尋ねた。

「あの、神崎一恵さんは、一体どういった方なのでしょうか?」

住職は考える仕草を見せた。

「そうですね、一言で言うと、特別な力を持ったお方だと私は思っております」

「特別な、力」

と悟は繰り返した。

「そうです。霊感が非常に強く、子供の頃はずいぶんと悩まれたようですよ。でも大人になってからは、この能力を世のために生かしたいと活動されているんです。それとあの方は……」

住職は一呼吸置いてから言った。

「死者の魂を、自分の身体に呼び戻す力をお持ちなのです」

悟は、霊だの超常現象だの、そういった類《たぐい》は信じない。しかしこのときだけは違った。それを聞いた瞬間、全身が熱くなった。

「遺族が、亡くなられた方に、どうしても聞きたかったこと、もしくは、してあげたかったことがあるでしょう？　神崎さんはそういった方々のために、死者の魂を自分の身体に呼び戻してさしあげるのです。そうして救われた遺族の方が大勢いらっしゃいます。亡くなられた方も、思い残すことなく成仏《じょうぶつ》できるでしょう」

悟の脳裏に、神崎一恵と一緒に過ごした日々が次々と蘇る。

「死者の魂を……呼び戻す」

この胸騒ぎは何だ。心臓が、破裂しそうなくらいに暴れている。悟の顔色はみるみる青ざめていった。

「どうなされました？　顔色がよろしくないようですが」

「いえ、大丈夫です」

悟は目を伏せた。

「ところで、どうしてあなたはそこまで神崎さんのことを知りたがるのです」

「いや、あの……」

額や背中から、大量の汗が流れる。

だった。

「どうやら、深い事情があるようですね」

悟の心臓が跳ねた。住職は力強い目で見つめてくる。心の中まで覗かれているようだった。

「私でよろしければ、お聞きしますが」

悟は、住職に全てを話そうかどうか悩んだ。

うつむき加減だった彼は、顔を上げて言った。

「ご住職、これから私が話すことは、全て事実です。疑わず、最後まで聞いてください」

彼は、話す決心をした。全てを打ち明けたあと、この住職がどういう言葉を発するか、知りたかった。

悟は、『宮前春子』が突然家にやってきた日のことから話し始めた。

午後九時十五分、二人を乗せた新幹線は東京駅に到着した。この日の夕食は駅弁で済ませたので、真っ直ぐ自宅に向かった。

十時過ぎに自宅に着いた悟は、裕太を風呂に入れようと、お湯を沸かした。バスタブに湯が張るのを待つ悟は、無意識のうちに亜紀の部屋に向かっていた。

妻の部屋に入るのは何ヶ月ぶりだろう。神崎一恵は約三週間、この部屋を使っていた。

　思えば、神崎一恵はいつも自分のそばにいた。この部屋を使うのは、寝るときだけだった。当たり前のようにそう思っていたが、悟は神崎一恵が部屋に入り、扉を閉めたあとの表情や動作を想像した。実際のところはどうだったか。それは彼女しか知りえないことであるが、想像は尽きなかった。住職の言葉と、神崎一恵の特別な力というのが心に引っかかっている。

　キッチンから、風呂が沸いたことを知らせるアラームが聞こえた。悟は裕太を呼んだ。部屋から出てきた裕太は、悟の前に立った。

「裕太、服を脱ぎなさい。お風呂に入ろう」

　裕太は首を横に振った。

「入らないのか？」

　裕太はうなずく。しかし部屋に戻ろうとはしない。何か言いたげなのである。

「どうしたんだ」

　聞いても裕太は口を開かない。何かを迷っているようだった。

「裕太？」

　悟が目線まで屈むと、裕太は首を振って自分の部屋に走っていってしまった。悟は扉をノックした。

「おい裕太、どうした？」

ドアノブに手をかけたが、鍵がかけられているので開かない。それから何度も裕太を呼んだが、出てきてはくれなかった。

悟は自分の部屋に入った。明かりはつけなかった。ベッドに腰を下ろし、静かに目を閉じた。

浄命寺をあとにしてから、ずっと同じことを考えている。もう一度、これまで神崎一恵との間にあった出来事、そして彼女の一つひとつの言動を振り返ってみた。しかし、思い出せば出すほど、頭の糸がもつれる。

目を開けると、あのあと住職に言われた言葉が耳に響いた。

悟は（嘘だ）と胸の中で叫んだ。そんな非現実的なことがあるものか。

しかし、否定はしきれなかった。思い当たる節があるのも確かだ。彼女の言動には、謎が多過ぎる。

『彼女は、死者の魂を呼び戻す』

この言葉が頭から離れない。だが、いくら考えたところで真実は明らかにならない。彼女しか、答えを知らない。

一体、神崎一恵はどこへ消えたのか。自分の中で唯一、可能性があった浄命寺にも手掛かりがないと分かり、悟は行き止まりに立たされてしまった。彼女がどこにいるのか、想像すら浮かばなかった。彼女の連絡を待つしか選択肢はない。とにかく無事であることを祈るしかない。

目覚ましが耳元で鳴り響いた。いつの間にか眠ってしまった悟は、服に着替え、裕太の弁当と朝食を作るためにキッチンに立った。しかし、他のことは何一つ頭に入らず、上の空だった。彼女のことしか考えられない。今、どこで何をしているのか、不安ばかりが募る。悪い想像が頭を過《よぎ》った瞬間、手に持っていた皿を落としてしまった。悟はその場に座り込み、割れた皿を拾っていく。またしても、住職に言われた言葉が耳に響いた。同時に、亜紀の顔が浮かんだ。

俺には分からないと心の中で言った悟は、自分に苛立ちを覚えた。なぜ一ヶ月も一緒に暮らしてきて分からないのだ。

本当に自分は、妻のことを何も知らなかったんだなと思った。情けなくなった悟は、手に持っている破片を床に叩きつけた。

そのときだった。裕太の部屋の扉がゆっくりと開いた。部屋から出てきた裕太の手には、青いノートが摑まれていた。

見覚えのあるノートだった。

彼女が、自分のために作ったレシピノートだ。しかしなぜ裕太がそれを持っているのか?

「裕太?」

裕太は何も言わずにノートを渡してきた。それを受け取った悟は、

「見て、いいのか?」

と聞いた。裕太はうつむいたまま、やはり何も言わずにうなずいた。悟はノートをパラパラと見た。綺麗な字と、グチャグチャの汚い字が交互に書かれている。レシピではない。どうやら、交換日記のようだった。

「おばさんと、裕太が書いたものか?」

裕太は首を縦に動かした。こんなやり取りをいつからやっていたというのだ。そういえば、彼女がこのノートに書き込んでいるのを見たときがあった。

本当は、日記を書いていたのだ。

悟は最初から読んでいく。瞬間、彼の目の色が変わった。食い入るような目つきで文章を追っていく。

次のページを開く。悟の身体は、火がついたように熱くなる。しかし、ノートを持つ手は凍えているかのように震えていた。

ページを捲るたび、鼓動の速さが増していく。しかしそれは、疑いが確信に変わっている証拠だった。

「裕太、お前もしかして」

裕太は叱られると思ったのか、きつくまぶたを閉じた。

裕太のその様子を見て、悟は合点した。そうか、昨晩裕太はこれを見せようかどうか迷っていたのだ。

最後のページを開いた悟の目に、最初に飛び込んできた文字は、『結婚記念日』だった。悟は、十一月二十六日に書かれた日記を最初から読んでいく。

『十二月四日』

『片瀬江ノ島海岸』

悟と亜紀にとって特別なキーワードが書かれている。全てを読み終えた悟は、信じられない、と口を動かした。

そしてもう一度、読み返そうとしたときだった。

悟の全身に、電流のようなものが走った。

待て。俺は肝心なことを忘れている。最近、彼女のことに気を取られていたせいか、日付のことなどまったく頭になかった。

今日がまさに十二月四日、二人の結婚記念日ではないか。

最後のページをもう一度確認した悟はその場から立ち上がり、切迫した表情で裕太に言った。

「裕太、着替えるんだ」

彼は急いで裕太に服を着させた。裕太はまだ、悟が怒っているのだと思い込んでいるのか、表情が怯えていた。

悟は、裕太の頭を優しく撫でた。

「裕太、よく日記を見せてくれたな。ありがとう」

そう言うと、裕太はやっと微笑んでくれた。

「行こう」

悟は力強い声で言って、裕太の手を取った。交換日記を片手に扉を開けた。しかしすぐに悟は部屋に戻った。

大事な物を忘れている。悟は左手の薬指に、しまっていた結婚指輪を再びはめた。

二人を乗せた車は高速道路を走っている。悟は、日記に書かれてあるとおり、『片瀬江ノ島』に向かっていた。

彼の心は落ち着かなかった。ハンドルを握る手は、汗でジットリと濡れていた。

悟は、前方を見ているようで見ていない。亜紀と初めてデートした日のことを、何度も思い返している。

あの日も、今日みたいに寒い一日だった。なのに彼女は、『江ノ島に行きませんか?』と提案してきた。悟は、わざわざこんな寒い日に行かなくてもいいだろうと反対した。しかし彼女は、『寒いからこそ行くんです。誰もいない海って、いいじゃないですか』と言った。

悟は乗り気ではなかったが、二人で会うのは初めてだったので彼女の希望を聞き、仕方なく江ノ島まで車を走らせたのを覚えている。

今、六年ぶりに、二人が初めてデートした場所に向かっている。目的地に近づくにつれて鼓動は速まる。しかし急ぐ気持ちとは裏腹に、道が急に渋滞し始めた。どうやら、十キロ先で事故が起こったらしい。

悟はハンドルを叩いた。その音に裕太が驚いた。

「ごめん」

悟は、落ち着くんだと自分に言い聞かせる。

慌てることはない。時間が迫っているわけではないのだ。

そう分かっていても、なかなか心を鎮めることができなかった。前の車が停まるたびに舌打ちし、左車線の車が割り込んできたときはクラクションを鳴らしそうになった。

ナビは、江ノ島まで残り十五キロと表示している。空いていればアッという間の距離だが、列が進まず苛立ちは募るばかりだった。

彼は深呼吸して、左手薬指にはめている指輪をじっと見つめた。ただただ焦る悟であるが、一方では不安があるのも確かだった。

もっと言えば、彼女に会うための心の準備ができていない。

彼女にどんな顔をして会えばいい。どう想いを伝えようか。自分は不器用な人間だ。うまく想いを伝えられるだろうか。

しかし少しして、悩むことはないと悟は自分に言い聞かせた。思ったことを、ありのままに話せばいい。

そう決めた悟だったが、突然あることを思い立った。そんなことを思いつく自分が自分ではない気がした。

しかしこれなら言葉以上に気持ちを伝えられるのではないか。そう考えた悟は、ハンドルを切り、高速道路を下りた。

国道一号線を南に進み、ようやく江ノ島の海が見えてきた。

悟は車を運転しながら、浜辺に彼女がいないか探す。しかし、どこを見ても人の姿すらない。

悟はいったん車を停めた。

時刻は朝の九時三十分。まだ時間は早い。ここへ向かっている途中かもしれない。

来ないなんてことは、ない。彼女は来る。きっとここにやって来る。そう信じる。

席に寄り掛かった悟は、遠くにそびえたつ灯台をぼんやりと見ていた。すると、ハッと胸に来るものがあった。

そうだ、防波堤のほうはどうだろう。二人で来たとき、防波堤のほうまで歩いた記憶がある。彼女は、目の前に広がる海に感動していた。

もしや、と悟はハンドルを握った。そして、防波堤に向けて車を走らせる。前方にヨットハーバーが見えてきた。堤防はすぐそこであるが、車は行き来できなくなっている。悟は車を停めて、裕太と手をつなぎ、堤防のほうへ歩き始めた。

階段を上ると、一面が海となった。強風のせいか波が荒い。あたりは波の音に包まれていた。

悟は、遠くのほうにいる一人の女性に視線を向けていた。

柵の前に立ち、海を眺めている。

間違いない。彼女だった。悟は一歩を踏み出した。

19

人がやってくる気配に気づき、彼女はこちらを振り向いた。一瞬、驚いた表情を見せた彼女は、複雑な心情なのだろう、うつむいてしまった。

裕太は悟の手を離し、彼女に向かって走っていった。

「ママ!」

その言葉に彼女はハッと顔を上げ、裕太を力いっぱい抱きしめた。

「ごめんね、本当にごめんね」

裕太は彼女の胸の中で泣いた。悟は、ゆっくりとした足取りで彼女に近づいた。

「必ずここに来ると思ったよ」

彼女は立ち上がり、悟の右手にあるノートを見て言った。

「そうですか、それを……」

「今朝、裕太が見せてくれたんだ。中を見て本当に驚いた」

日記を見たとき、悟は心臓が震えた。彼女が自分のことを『ママ』と呼び、宮前春子ではなく、母親として書いていたからである。

十一月二日。彼女が初めて家にやってきた日だ。彼女は日記にこう書いている。

『また裕太にあえるなんてゆめみたい。ママはほんとうにしあわせだよ。裕太はおどろいたよね。じじょうがあって、かおやこえはかわっちゃったけど、裕太のママにかわりはないよ。でも、パパにはぜったいにママだってことをいわないでね。いきなりそんなことをいってもしんじてくれないからね。裕太とママだけのひみつ。これからはママのことを、はるこおばさんとよぶの。ママとよんでいいのは、にっきのなかだけ。やくそくだよ』

この日記の下に裕太の字が書いてあるが、グチャグチャでほとんど読めない。辛うじて、『やくそく』と書かれているのが分かる。恐らく、約束を守る、というようなことを書いたのだろう。

次の日記には、悟に対しての悩みごとが書かれてあった。

『パパはママがいなくなってもかわってくれない。どうしたらかぞくにめをむけてくれるのかな。もっと裕太をみてほしいのに、かんがえているのはしごとのことばかり。ママはどうするべきなのかな。でも、もうぜったいにケンカはしないよ。裕太とやくそくしたもんね。なかよくなれるようにがんばるね』

しかし、彼女の自信は徐々に失われていく。

『きょうはひさしぶりのようちえんどうだったかな？　ともだちとはなせてたのしかった？　ママはパパがしんぱいだよ。きょうもしごとだからといっていえのことをなにもせずにでていっちゃった。どうすればパパはかわってくれるのかな』

胸が熱くなったのは、悟が第一編集部を追い出され、落ち込んでいた日の日記だ。彼女は裕太にこう言っている。

『パパのげんきがない。ほんとうにしんぱいだよ。こういうときは、裕太もやさしくしてあげようね。そしたらきっと、パパもやさしくなってくれるよ』

あの日から少しずつ、悟は変わり始めた。日記の内容にも変化が表れた。

『きょうはほんとうにうれしかった。かれがおとうさんたちと裕太のけんでしんけんにはなしあってくれた。わたしのおもいがつうじてホッとしている。それともうひとついいことがあった。きょうからふたりといっしょにくらせることになった。裕太、やくそくどおり、こんどパパにゆうえんちにつれていってもらおうね』

その日から、彼女の厳しい『教育』が始まった。

『きょうはパパといっしょにおべんとうをつくりました。裕太、おいしかった？　裕太がようちえんにいったあと、パパはおへやのそうじやゆうしょくのしたくをしてくれたよ。パパはすこしずつかわってきてます』

悟の指輪が福島県で発見されたとき、彼女は内心、動揺していたようだ。

『いつか彼の指輪が見つかり、確認の連絡が来ると分かっていたけど、今日、警察から連絡があった。勘の良い人だから、浄命寺のことを知るかもしれない』

その予想は当たった。冷静さを失っていたのだろう。交換日記というよりも、自らの覚え書きのような文面だった。

『考えていたとおり、彼は浄命寺の指輪御祓いの存在を知った。私がお寺へ行こうとしていたなんて信じられないようだけど、当たり前だと思う』

それ以上、指輪の件については書かれてはいなかった。

『裕太、きょうはうんどうかい、がんばったね。ときょうそうはざんねんだったけど、ダンスはじょうずだったよ。よくれんしゅうしたね』

三人で遊園地へ行った日、裕太が川田紀子に連れ去られてしまい、彼女は深く落ち込み、そして自分を責めた。

『裕太、きょうはほんとうにごめんね。こわかったよね。ママははおやしっかくだよね。もうぜったいにこわいおもいはさせないから、ママをゆるして』

しかし裕太は『だいじょうぶだよ』と淡々としていた。しかし彼女は数日間、落ち込んでいた。そんな彼女を心配して、悟が励ました日があった。

『ねえ裕太、さいきんパパ、すごくやさしくなったとおもうよね？　いまのパパとだったら、うまくやっていけたのにな』

しかし彼女は出ていく前々日、こう書いている。

『パパはどんどんかじがじょうたつしているよ。わたしのやくめも、そろそろおわりかな』

だが裕太はその意味が分かっていない。『パパのおべんとう、おいしかったよ』と返していた。

そして最後のページ、彼女が出ていく前日の日記だった。

『十二がつ四かはパパとママのけっこんきねんびなんだよ。ママは、パパとはじめてデートしたかたせえのしまかいがんにいきたいな。つれていってくれないかな』

全てを読み終えた悟は葛藤した。そんなことがありうるのかと心の中で叫んだ。しかしこれは本人以外、誰も書けない。神崎一恵の中に、亜紀がいる。悟はそう確信した。

ここへ来る途中、悟は裕太に聞いた。おばさんは、本当はママだったのかと。裕太ははっきりと、うんと答えたのだった……。

悟は、本人に聞かずにはいられなかった。

「本当に、亜紀なのか……」

彼女は長い間を置き、うなずいた。

悟は、もう疑うことはなかった。むしろ今は亜紀以外、考えられない。

「そうか……」

悟はそう言って、苦笑した。

「しかし裕太が最初から知ってたとはな。どうりでなつくはずだ」

「子供っていうのはすごいですね。顔が違っても、空気というか、温もりというか、それだけで本当に母親かどうか、分かるんです。本能なんでしょうね」

彼女は裕太の頭を撫でながらクスッと笑った。

「毎日ヒヤヒヤしてました。裕太があなたに話してしまうのではないかって。でもこの子は賢いから、そんな素振りも見せず、私との約束を守ってくれました」

亜紀と目を見合わせた裕太はニコリと笑った。

「その約束があるからだろう。この日記を見せるのも、相当悩んだようだ。裕太はよく決心してくれたよ。見せてくれたおかげで、俺はここに来られたんだから」

「ええ、そうですね」

「俺は情けない男だな。一緒に過ごしてきて、君だということに気づかなかったんだから。妻をまったく見てこなかった証拠だな」

亜紀は首を振って、

「そんなことない」

と言った。

「私は、あなたに気づかれぬよう必死だったんです。自分を殺して、春子になりきった。でも、裕太のことになるとダメですね。やっぱりムキになっちゃう」

「それだけ愛している証拠だ」

亜紀は裕太を見ながらうなずいた。

「ええ」

「それより」

悟は真剣な語調で聞いた。

「教えてくれないか。全てを」

すると亜紀は、左手を胸のあたりまで上げた。その薬指には、結婚指輪がはめられていた。今まで見つからなかった、亜紀の結婚指輪だった。

「そうか、君が持っていたのか」

しかし、どういう経緯で『神崎一恵』に指輪が渡ったのか。それが分からなかった。

「私は、福島で大地震があったあの日、浄命寺へ行こうとしてました。別居している間、私は真剣に悩んだ。一時は離婚を考えるくらい自信を失くしていたけど、やっぱり裕太のために、もう一度あなたとやっていこうと決めたの。でも、その方法が分からなかった。それくらい、私たちは最悪な状態だったでしょ？　ある日、数年前に友人から聞いた浄命寺のことを思い出したの。仲が修復できるなら、ワラにもすがりたかった。私は行ってみることにした。あなたのいない間にマンションに行って、あなたの指輪を持ち出して、福島へ向かった。そして、私と裕太はあの電車に乗ったんです」

　亜紀は一拍置いて、続けた。

「二つの指輪はハンカチに包んでいたんだけど、途中、妙に指輪が気になって、鞄から取り出したの。そのとき、電車が揺れて、あなたの指輪を落としてしまった。転がっていく指輪をとうとう見失ってしまった私は、必死になって捜した。そしたら、一人の女性が指輪を渡しにきてくれた」

「それがもしかして」

「ええ、神崎一恵さんです。それがきっかけで、彼女と話し出して、偶然にも行き先が同じだったので、一緒に行くことになったの。駅に着くまでの間、いろいろな会話をしたわ。もちろん、なぜ浄命寺へ行くのかも。でも……」

　彼女の声が暗くなった。

「浄命寺には行けなかった。急に激しい揺れが起きて、電車が脱線して、車体が横倒れになって。それよりも私は裕太を守ることで必死だった。頭を強く打って……それから先はあまり憶えていないんだけれど、ある夢を見たの」

「夢？」

「神崎さんが、私に話しかけている夢だった。彼女は、やり残していることがあるなら私の身体を使いなさい、と言った。自分の目的が果たせたら、心の中で私に伝えなさいと。私はただ聞いてるだけだった」

「それで？」

「私は意識を取り戻した。すぐに身体の違和感を覚えた。うつ伏せだった私は上半身を起こした。そしたら、彼女の洋服を着ていることに気がついた。頭が真っ白になった私は身体中を確かめた。顔を触った感じが違う。髪の長さも違う。私は現実を受け入れられなかった。夢なんだと思い込んでいた。でもそうじゃなかった。私は、神崎さんの身体になっていたの。事故が起こる前、彼女は自分のことを霊能者と言っていたから、まさかとは思ったけど、しばらくは信じられなかった。裕太がそばにいないことに気がついたのは、少ししてからだった。立ち上がろうとしたとき、偶然にも自分の指輪が足元に転がっていたの」

　悟は、神崎一恵の身体をした亜紀が、亜紀の指輪を持っている理由を知った。

「車内は悲惨な光景で、ほとんどの人が倒れていて、どこに裕太がいるのか分からなかった。私の身体を見つけたときは、本当に不思議な感じだった。同時に、自分は死んだんだなと思った。でもそのときはそんなことどうでもよかった。裕太のことで頭がいっぱいだった。裕太は、私の身体の下にいた。私は自分の身体をどけようとしたんだけど、重くてなかなかどかせられなかった。裕太の声が聞こえたときはどれだけホッとしたか。普通にしゃべれることが分かって、私は救急隊が来るのを待った。そのときふと、神崎さんの言葉を思い出した。やり残したことって何だろうと思った。最初に頭に浮かんだのはあなただった。私が死んで、裕太はどうなるんだろうと考えた。あなたのことだから、裕太を私の両親に預けるだろう。裕太にとって、それは幸せなことだろうか。子供は、親に育てられるのが一番幸せなんじゃないかって考えたの。私のやるべきことはただ一つだった。あなたが裕太の面倒を見られるようになって、二人が幸せに暮らしていけるようにすること。私は、この身体であなたのもとに行くことを決意した。やがて救急隊がやってきて、裕太は無事救出された。そのとき、私は妙に冷静だった。東京に戻るためにはお金がいることに気づいた。私は自分のバッグを捜した。でも見つからなくて、仕方なく神崎さんの鞄を拾って、持ち出したのよ。私は裕太と同じ病院に運ばれた。幸い、裕太は擦り傷程度だった。私も、軽い処置で済んだ。私はその夜、病室で眠る裕太にいったん別れを告げて、病院を抜け出した。病院にいたら、あれこれ警察に聞かれる。身元が知れたら、家族の人がやってくる。私にはそんな時間もないし、対応する自信がなくて、逃げたの」

神崎一恵が未だ行方不明の理由がこれで分かった。亜紀が、神崎一恵の私物を持ち出し、病院を抜け出したからだ。

「でも、すぐに東京に向かうことはできなかった。東京へ行くための交通機関が復旧していなかったし、顔には数ヶ所、擦り傷が残っていたし……」

亜紀はそう言って、首を振った。

「ううん、違う。本当は、いざ行こうとなったら、あなたに会うのが怖くなったの。また、前と同じ繰り返しなんじゃないかって」

亜紀は薄く笑った。

「変よね。私はもう、私じゃないのに。宮前春子として、あなたに会うって決めたのに」

亜紀は語調を強くして言った。

「でもいつまでも神崎さんの身体を借りているわけにはいかない。躊躇《ちゅうちょ》している時間なんてない。私は裕太のために、もう一度決意して、あなたのもとへ向かったんです」

こうして、他人の姿になって、死んだ亜紀が自分の前に現れた……。

亜紀の口から次々と真相が明らかとなり、悟は納得するようにうなずいた。

「そういうことだったのか。やっと全ての謎が解けたよ」

「内心、毎日ビクビクしてました。いつか、あなたに嘘がばれるのではないかと。私の考えていたとおり、嘘をつき続けることは無理でしたね」

「どうしてあえて宮前春子の名前を使ったんだ」

「彼女は私の一番の親友だからです。あなたにも何度か春子のことを話していたので、不自然ではないって考えたんですけど、憶えてなかったみたいですね」

「偽ることはせず、最初から自分だと言えばよかったじゃないか」

「それは今だからそう思うんですよ。いきなり私だって言ったって、冷静に話せるわけがない。私たちの場合は、特に……」

「確かにそうかもしれない。でも、神崎一恵の記事について聞いたときは、正直に話してほしかった。あのときはもちろん君が亜紀だってことに気づいてはいなかったが、少なくとも俺は君を信頼していた。だから裏切られたような気持ちになり、ついあんなひどいことを」

　彼女はポツリと言った。

「怖かったんです」

　しかし波の音で、悟は聞き取れなかった。

「え？」

「あなたの反応が怖かったんです。私だって分かったら、どういう顔をされるのか、何て言われるのか。私には打ち明ける勇気がなかった」

　そう思うのも仕方がないかもしれない。亜紀の思い込みではなく、事実、悟は妻を憎んでいた。

「この数日間、あなたと裕太のもとに戻ろうかずっと考えてました。でも決心がつかなかった。今日あなたが来なければ、神崎さんに身体を返そうと考えてました」

悟は弾かれたように顔を上げた。不安が胸をかすめた。

「私が死ぬ前、二人はケンカばかりだった。私も、あなたにひどいことばかり言ってきました。本当に申しわけないと思ってる。でもこれだけは分かってください。私は、あなたが憎かったわけじゃない。あなたに家庭を大事にしてほしかったんです。裕太に愛情を注いでほしかったんです。だから」

「分かってる。それ以上は言わなくていい」

「私はもう、争うことはしたくなかった。だから絶対に嫌な自分を出さないと決めたんです。そうすれば、二人はうまくやっていけると信じてた」

「君は俺のために頑張ってくれた」

「でも、結局は離ればなれになった」

悟は訴えるように言った。

「そんなことはない。明らかに昔とは違うよ」

亜紀は寂しく笑った。

「皮肉なもんですね。夫婦のときにそれは叶わず、死んでから、あなたが変わる姿を見ることになるなんて。正直、もう少し早かったらなって思った」

悟は胸が苦しかった。

「すまない」

「でも、裕太のことを大事に考えてくれるようになって、嬉しかった。ありがとう」

「何言ってる。全部君のおかげだよ。感謝するのは俺のほうだ。君がいなければ、俺は大切な物を失っていた。君がそれを教えてくれたんだ。実を言うとこの間、親父から、ある女性を紹介された。でも、ずっと君のことを考えてた。裕太もそうだ。君じゃなければ二人ともダメなんだ。君が出ていったあと、それに気づいたんだよ」

悟はここで思い切って、ポケットにしまっておいた一枚の用紙を亜紀に渡した。

「何？」

「いいから見てくれ」

声が、緊張で震えた。亜紀は、折りたたまれた用紙を開いた。

婚姻届だった。夫の欄にはすでに『森悟』と書かれている。それを見た亜紀は心底驚いた様子だった。

「ここへ来る途中、市役所に寄って取ってきた」

悟は言って、息を吐き出した。

聞こえているのか聞こえていないのか、亜紀は固まってしまっている。

「どうした？」

するとと亜紀は涙を浮かべながら、クスッと笑った。悟は顔を赤らめた。

「何がおかしいんだよ」

「あなたらしくないなと思って。指輪も、つけてくれたんですね」

悟は自分の指輪を見た。

「今頃、気づいたのかよ」

「そもそも、私たちはまだ離婚してないんですよ？」

「分かってるよ。それくらいの想いだってことだ」

亜紀は婚姻届を胸に当て、

「どうもありがとう」

と丁寧に頭を下げた。

しかし、顔を上げた亜紀は悲しげな表情を浮かべていた。

「でも、一緒にはいられない。私もまだ実感が湧かないけど、私は死んだのよ。この身体は、神崎さんの物なの。返さなければいけない」

亜紀の言うとおりだと思った。このまま一緒にいることは許されない。神崎一恵やその家族たちにも迷惑をかけているのだ。

しかしそうは分かっていても、別れたくない。また一緒に暮らしていきたいという想いが激しく胸を突く。

それでも悟はそれを口には出さなかった。亜紀を苦しめるだけだと自分に言い続けた。

二人は沈黙した。

先に口を開いたのは亜紀だった。

雰囲気を変えようとしたのか、笑顔を作り、明るい声で、

「少し歩かない？」

と提案した。

悟は頬を緩ませた。

「ああ」

悟と亜紀は、堤防のそばを歩いた。散歩するのが嬉しいのか、裕太が真ん中に入り、二人の手を取った。悟と亜紀は見つめ合い、微笑んだ。

三人は歩きながら海を眺める。

「ねえ、あなた」

亜紀は海に身体を向けながら言った。

「うん？」

「憶えてる？　あのときもこうして、ここを歩いたよね」

六年前の記憶が、脳裏に鮮明に蘇る。広大な海に興奮する亜紀とは対照的に、悟は終始、寒がるばかりで海など見ていなかった。二人の歩く速度にも大きな差があり、距離が広がると、亜紀は呆れたように溜息を吐き、悟の腕をグイグイと引っぱった。

「今日みたいな寒い日で、初めて二人でデートしたっていうのに、あなたは文句ばかり言って、嫌々でしたけどね」

「別に、そんなことはないよ」

「いいえ、誤魔化したってダメよ。私はしっかり憶えてるんだから」

悟は苦笑した。

「まいったな」

「私はもう少し海を見ていたかったのに、早く帰ろうってうるさいもんだから、仕方なくそうしたんですよ」

「細かいことまで憶えてるもんだな」

「当たり前でしょ。じゃあ、そのあとに何を食べに行ったか、それも憶えてないんですか？」

悟はもう一度記憶を呼び覚まそうとしたが、どうしても思い出せなかった。

「何だった？」

亜紀はガッカリしたように肩を落とした。

「すぐ近くにある、有名なカレー屋ですよ」

そう言われればそうだった。亜紀がこの近くに美味しいカレー屋があると言い出し、二人は車でそこへ向かった。

「やっと思い出したよ」

「でも、そこでもあなたは文句ばかりでしたよ」

悟はすぐに反論した。

「嘘言え。そんなことはないだろ」

「いいえ、本当です。駐車場が狭い、人が多過ぎる。カレーを食べれば、微妙に辛い。いちいちケチをつけてましたよ」

「そうだったか？」

「そうですよ。私と一緒にいても、面白くないのかなって思うくらいでしたよ」

「まあ、いいじゃないか。過去のことは」

「実は、まだあるんです」

「まだあるって？」

「帰りですよ」

「帰りに、何かあったか？」

「急にあなたが慌て出して、どうしたのって聞くと、ガソリンがギリギリだって言って」

そんなことがあっただろうか。そう言われても思い出せなかった。

「そういうときに限ってなかなかガソリンスタンドがなくて、私はヒヤヒヤしましたよ」

「本当によく憶えてるな」

「記念日なんだから、忘れるほうがおかしいでしょ」

「記念日？」

「二人で初めてデートをした記念日ですよ」

「それはちょっと大袈裟だろ」

「女性はそういうのを大事にするんですよ」

「そういうもんかね」

亜紀とこんなに会話をするのは何年ぶりだろう。裕太は嬉しそうに、二人の腕をブラブラと揺らした。

亜紀はまた、海を見ながら言った。

「思えば、あれがきっかけで二人は付き合うようになって、すぐに裕太ができて、結婚して……」

亜紀は過去を振り返っているようだった。結婚してからは暗いことばかりだったが、それは決して口には出さなかった。

「本当にあっという間の六年でしたね」

「ああ、そうだな」

「まさか自分が事故に遭って、死ぬことになるなんて、考えもしなかった」

亜紀はあえて明るく言った。そんな彼女を見るのが辛かった。同時に悟は責任を感じた。

「すまない。俺のせいでもあるな」

「どうして？」

「あのとき、引き留めていれば、君は浄命寺に行くことはなかったろう？」

亜紀は首を横に振った。

「あなたのせいじゃないですよ。私はそんなふうには思っていない。だから自分を責めないでください」

「いや、しかし」

「それより、こんな形であなたと裕太の前に現れることになるなんて」

亜紀は薄く笑って言った。

「ドラマみたいな話ですね」

亜紀は、必死に明るく振るまおうと努めている。悟はその気持ちを大事にしてやりたかった。

「確かにな」

そう言って一緒に笑った。

「本当に最初はどうなるかと思いましたよ。何を言っても聞き入れない。裕太の面倒は見てくれない。どんなに頑張っても、無理なんじゃないかって思った日もありました」

「仕事のことで、頭がいっぱいだったからな」

「妻が死んだっていうのにね」

亜紀は意地悪な顔をして言った。

「すまないと思ってるよ」

「でも、今は安心しています。あなたが変わり始めた頃から、毎日がすごく楽しくて、ずっとこのまま一緒にいられたらいいのになって思ったりして」

亜紀は寂しそうな顔を見せた。

このとき、悟はどれだけ、一緒にいよう、と言いたかったか。しかし言えば亜紀を苦しめる。悟は必死に耐えていた。

それからは会話のないまま、三人は浜辺のほうに出た。何か話そうと思うのだが、なかなか言葉が出てこない。

三人は足を止めることなく歩き続けた。裕太は砂を蹴る遊びが気に入ったらしく、二人とは少し離れた所で一人で楽しんでいた。

「実はね」

亜紀がやっと口を開いた。

「あれから毎日、マンションから少し離れた所で二人を見ていました」

悟は一瞬立ち止まった。

「本当か？」

「ええ。本当です」

自分は何て愚かだ、と悟は思った。なぜ彼女に気づいてやれなかったのか。近くにいるのではないかと考えることすらしなかった。

あんなに頭を悩ませる必要なんてなかったのだ。彼女はずっと、自分たちのすぐ近くにいた……。

「二人のことが心配で、朝と夕方、マンションに行きました。裕太には声をかけようとしたけど、勝手に家を出ていった私には母親の資格はないと、見守るだけにしました。それに中途半端に会えば、余計あの子を悲しませることになりますから」

「俺と裕太はずっと待ってた。戻ってくればよかったんだ。いや、今さらそんなことを言っても遅いが」

「お父さんとお母さんと亜矢にも会いに行きました。もちろん話すことはできなかったけど、三人とも元気そうでよかった」

悟は大事なことを言うのを忘れていた。

「そうだ、これから、列車事故の被害者の遺族が猪山鉄道を相手取って、訴訟を起こすことになったぞ」

「訴訟？」

「ああ」

悟は、以前義父に聞かされた告訴の理由をそのまま話した。

「お義父さんとお義母さんは、君のために、毎日頑張っているよ」

「そうですか」

再び沈黙となった。亜紀は何を考えているのだろう、遠くのほうのただ一点を見つめながら歩を進めている。悟は声をかけることはせず、彼女の様子を見守った。

空一面を覆っていた雲が流れると、太陽の眩しい光が降り注いだ。亜紀は空を見上げ、気持ちの良さそうな声を出した。まるで何かが吹っ切れたような、そんな雰囲気だった。

「どうした？　ずいぶんと機嫌が好いじゃないか」

すると亜紀は悟に晴れやかな表情を見せた。作っているのではない。自然な表情だった。

「私は幸せ者ですね。両親に心の底から想われ、子供に愛され……」

亜紀は長い間を置いて、悟にこう言った。

「最後に、あなたと仲直りすることもできた。もう、何も思い残すことはないですね」

とたんに悟の表情が曇った。

「おい、それどういう意味だよ」

亜紀は裕太を手招きして呼ぶと、悟の横に立たせた。そして笑顔で、

「ここでお別れしましょう」

と言った。

それはあまりに突然だった。しかも明るい調子で言うものだから、悟は本気とはとらえなかった。

「おい、どうしたんだ急に。冗談はよせよ」

「冗談なんかじゃありません。歩きながら、ずっと考えていました。なかなか決心がつかなかったけど、たった今、決めました。私は、この世を去ります」

「たった今、決めたって……」

「思い残すことはないと考えたら、決心がついたんです。もちろん、裕太のことは心

配ですが、大丈夫ですよね？　あなたが、いるんですから」

口調は穏やかだが、目は真剣だった。

「本気で、言ってるのか」

亜紀は躊躇《ためら》うことなくうなずいた。

「はい」

悟は訴えるように言った。

「そりゃ、いつまでも君が今の状態でいられないことくらいは分かってる。しかし……」

「私は——」

亜紀は悟の言葉を遮った。

「これ以上、神崎さんに迷惑はかけられません。自分の目的を果たしたんですから、もうこの世にいることは許されないのです」

「もちろん、それは分かっている。しかし、そんなに急がなくても」

「私は、充分過ぎるくらい時間をもらいました。一刻も早く、この身体を返さなければなりません」

悟は何とか引き留めようと、必死に言葉を探した。

「何も、ここで別れることはないだろう？」

亜紀はゆっくりと首を振った。

「分かってください」

せっかくこうして再会できたのだ。せめてあと一日、いや半日でいい。もう少し亜紀と一緒にいたかった。

「そうだ、じゃあ最後にドライブに行かないか。お台場なんてどうだ？　昔はよく行っただろ。よし、行こう」

しかし、亜紀は何も答えずにうつむいてしまった。身体が、かすかに震えている。

「おい」

声をかけると、彼女は顔を上げた。同時に、一筋の涙がこぼれた。

戸惑う悟に亜紀は微笑みかけた。

「ありがとう。あなたにそう言ってもらえて本当に嬉しい。でも、私の気持ちも分かってください。私だって、もっと一緒にいたい。できることならずっと暮らしていきたい。でもそれは許されないんです。決意が鈍らないうちに……お願いします」

悟はこのとき、自分は何て身勝手な人間なんだと思った。亜紀はずっと笑顔を見せていたが、誰よりも悲しいのは彼女だ。しかし二人には泣き顔を見せたくなかった。気丈さを保ったまま、別れたかったのだ。なのにその気持ちも考えず、いたずらに亜紀を苦しめた。

悟もようやく、別れる決心がついた。

「分かった。もう何も言わない」

しかし、裕太がそれを許さなかった。

「ヤダ!」

裕太は大声を上げ、亜紀の足にしがみついた。亜紀は屈んで、裕太に優しく微笑みかけた。

「裕太、分かって。ママはもう、行かなきゃいけないのよ」

「ヤダ! ママがいなくなったらヤダ!」

「裕太、これからはパパと二人で暮らしていくの。いいわね?」

しかし、裕太はいくら言っても聞かなかった。地面に尻をつき、足をバタバタとさせた。

「ヤダ! ヤダヤダヤダ!」

亜紀はいつまでもダダをこねる裕太を叱った。

「いい加減にしなさい!」

その一声で裕太は泣きやんだ。

「裕太は男の子でしょ。いつまでも泣いてるんじゃないの」

亜紀は、裕太の涙をハンカチで拭きながら優しく言い聞かせた。

「いい？　裕太。ママはね、これから遠くへ行かなきゃいけないの。でも、バイバイじゃないの。遠くから裕太のことちゃんと見てるから」

裕太の目に、また涙が溢れる。亜紀は裕太を立たせて、お尻についた砂を払いながら言った。

「いつまでも泣かないの。ママは、弱虫は嫌いよ。嫌いになってもいいの？」

裕太は首を振った。

「裕太は強い子なんだから、ママがいなくても大丈夫。さあ、パパの所へ行って」

しかし裕太はなかなか亜紀のもとから離れようとしない。

「さあ行きなさい。言うこと聞かない子は嫌いだよ。それでもいいの？」

裕太はまた首を振った。

「ママのお願い、聞いてくれるわね？」

すると、ようやく裕太はうなずいた。亜紀は裕太を力強く抱きしめ、そして、悟のほうに行かせた。裕太の背中を見つめる亜紀の目は、涙で濡れていた。

悟は裕太を抱き上げた。亜紀は立ち上がり、悟に言った。

「裕太のこと、よろしくお願いします」

「心配するな。俺がしっかり育てる」

亜紀はやっと笑顔に戻った。

「本当に大丈夫ですか？　あなた一人で」

　亜紀は冗談交じりに言った。

「当たり前だろ。君にみっちりしごかれたからな」

「そうですね。よく頑張ってくれました」

　急に褒められると、照れくさかった。

「でも、忘れないでくださいね。コンビニ弁当は本当に忙しいときだけ。なるべく、手料理を作ってあげること。家の掃除は最低でも週二回。洗濯もしっかりやってください」

　悟はうるさそうに言った。

「分かった分かった」

「裕太もちゃんと手伝うのよ。ママは遠くから見てるからね」

　裕太は力のない返事をした。

「うん」

「全然聞こえない。もっと大きな声で！」

　裕太は大きく息を吸い込んで、元気よく返事した。

「うん！」

　亜紀は頬を緩めた。

「よし、良い子ね」

亜紀は悟に視線を戻した。

「じゃあ、くれぐれも身体には気をつけて」

別れのときが、近づいている。そう知った悟は、もう少し話すくらいはいいだろう、伝えなければならないことはないか、といろいろ言葉を探すのだが、こういうときに限ってなかなか出てこないものである。悟はもどかしかった。

「それと、お仕事頑張って。家庭を大切にすれば、自然と仕事もうまくいきますよ」

「君からそう言われるとは思わなかったな。ありがとう。裕太のためにも頑張るよ」

「あと、良い人ができたら私に遠慮なく再婚してください」

複雑な心境なのだろうが、亜紀は表情一つ変えずに言った。

「そんな気はまったくないし、裕太が許さないだろうな」

亜紀は目を細めた。

「とか言って、すぐに再婚したりして。私の知らないところで、コソコソやってたようだし。川田何さんでしたっけ？」

悟は、最後の最後で痛いところを突かれた。

「参ったな。勘弁してくれよ」

亜紀は、困る悟を見て楽しんでいた。

「では、最後にもう一つ」

急に、彼女が真顔になった。悟は、姿勢を正した。

「ああ、何だ」

亜紀は、真剣な口調で言った。

「卵焼きは、もっと練習したほうがいいですよ。あれじゃあほとんどスクランブルエッグですから」

悟は拍子抜けした。

「真剣に聞いて損したよ」

「でも本当でしょ？」

確かにそうだった。あれだけは未だにうまく作れないのだった。

「余計なお世話だ」

と悟は口を尖らせて言った。二人はクスクスと笑った。

それからわずかな間、二人は無言になった。

亜紀は、肩にかけている神崎一恵のバッグをかけ直して言った。

「じゃあ、そろそろ行こうかな」

まるで、どこかに出掛けるような、そんな言い方だった。一切の恐怖心は感じられない。むしろ、満足した表情だった。

「ああそうだ、あなた」

「うん？」

「神崎さんに、お礼を言いに行ってくださいね」

悟は深くうなずいた。

「分かってる」

「それと」

「何だ？」

亜紀は舌をチロリと出した。

「神崎さんのお財布にあったお金、ほとんど使っちゃいました。二十万円近くはあったと思います。あなたが、返しておいてくださいね」

悟はやれやれと薄く笑った。

「分かったよ」

「お願いします」

二人はまた、見つめ合った。亜紀は改めて別れの言葉を言った。

「では、本当に行きます」

「待ってくれ亜紀――」

悟は最後に、名前で呼んだ。

「はい」

このとき、やっぱり行かないでくれとどれだけ言いたかったか。悟は、必死にその言葉を呑み込んだ。そして必死で違う言葉を絞り出した。

「本当に今までありがとう」

亜紀は丁寧に頭を下げた。

「こちらこそ、ありがとう。この一ヶ月、幸せでした」

亜紀は、悟と裕太に別れを告げた。

「あなた、裕太、サヨナラ」

いいえ、とすぐに彼女は言い直した。

「また、二人に会いに来るときがあるかもしれませんね」

亜紀は、最後まで笑顔だった。

「その時まで、サヨナラ……」

悟も明るく返した。

「サヨナラ」

亜紀はゆっくりと背を向けて、歩いていく。

そのときだった。あたりが、太陽の光で包まれた。あまりの眩しさに、悟と裕太は腕で目を覆った。

そこで悟は意識を失った……。

20

気がついた悟は、自分が自宅のベッドの上にいることを知った。悟は上半身を起こし、時計を確認した。

午後四時ちょうどだった。あれから、約六時間が経っている。なのに悟はまったく憶えていない。空白の六時間だった。

彼はこめかみをグッと押さえた。

一体どうなっているんだ。なぜ自分はここにいるのだろう。いつの間に帰ってきたというのか。思い出そうとすると、頭に痛みが走った。

亜紀が去っていくところまではしっかりと憶えているのに、なぜかその先が思い出せない。記憶にポッカリと穴が空いている。

自分たちは、そして亜紀は、あのあとどうなったのだろう。彼女の魂は、もうこの世から消えてしまったのだろうか。そう思うと寂しい気持ちになった。

亜紀のことばかりを考えていた悟は、ようやく肝心なことに気づいた。

そうだ、裕太はどこにいる。

慌ててベッドから降りて、部屋を出ようとしたとき、リビングから裕太の声が聞こえてきた。

「パパ、パパ、早く来て」

その声を聞いて悟は安心した。裕太はリビングにある大型テレビを観ていた。

「早く来て」

「どうした?」

と聞くと、裕太はテレビを指差した。そして、

「おじいちゃん」

と言った。悟は画面に注目する。裕太の言うとおり、テレビに幸夫が映っていた。列車事故の被害者遺族たちが、福島地方裁判所の中に入っていく映像だった。

『猪山鉄道脱線事故の原告団が裁判所に入っていきます……』

リポーターが実況する声がスピーカーから響いてくる。悟は、幸夫の言葉を思い出した。

そうだった、今日が審議初日と言っていた。亜紀がこの世を去った日に、裁判の幕が上がる。これは偶然ではないような気がした。

悟は窓から夕空を見た。そして心の中で亜紀に話しかけた。

亜紀、君は今どうしている？　俺たちのことを、遠くから見ているだろうか。これから、裁判が始まるよ。俺も一緒に戦おうと思う。そしてきっと、君の無念を晴らすよ。

いや、そんなことより、君は裕太のことのほうが心配だろうな。でも大丈夫だ。君の分まで俺がしっかりと育てる。

生活のほうも心配しなくていい。これからは君の助けがないから多少の不安はあるが、裕太と力を合わせてやっていくよ。

悟の脳裏には、もう一人の女性が映っていた。神崎一恵である。彼女には心の底から感謝している。彼女のおかげで二人は再会することができたのだし、亜紀に対する想いも変わった。

亜紀に力を貸してくれなければ、裕太とこうして暮らすこともできなかったろう。

彼女の居場所が分かり次第、感謝の気持ちを伝えに行こうと思う。

「ねえパパ」

裕太に声をかけられ、悟は振り向いた。

「どうした？」

裕太はお腹を押さえながら言った。

「お腹空いた」

そういえば今日は朝から何も食べさせていない。腹が減るのも無理はなかった。

「よし、じゃあ一緒に夕食の準備をしようか」

裕太は元気良く返事をした。

「うん！」

悟と裕太はキッチンへ向かう。

そのときだった。

悟はダイニングテーブルに目を吸い寄せられた。

折りたたまれた薄い紙の上に、小さな指輪が置いてある。

悟は自分の目を疑った。しかし夢ではない。幻でもない。確かに指輪がある！

そんなバカな、と悟は頭の中で叫んだ。なぜ、亜紀の指輪がここにあるのだ。この指輪は確かに本人が持っていたではないか。それがどうして……。

悟は指輪に手を伸ばす。その指先は細かく震えていた。

悟は様々な角度から指輪を見つめてみた。どこからどう見ても、亜紀のものである。

悟は混乱した。彼女は今日、ここへはやってきていない。なのになぜだ。

「裕太、さっき、ママが来たのか？」

裕太は首を横に振った。

「知らないよ」

悟の鼓動はさらに速さを増した。

空白の六時間。それしか考えられなかった。亜紀はもう一度、ここへやってきたのだ。神崎一恵の、力を借りて……。

そのとき、亜紀の最後の言葉を思い出した。

『また、二人に会いに来るときがあるかもしれませんね』

しかし改めて思う。なぜ記憶がないのだ。これも、神崎一恵の力なのか。

いや、もう深く考えるな。あれから亜紀がここへやってきたのは事実なんだ。

悟は、折りたたまれた紙を開いた。先ほど亜紀に渡した婚姻届だった。そこには『森悟』の隣に『亜紀』と書かれてあった。

スピンオフ「その後の物語」

1

週明けの月曜日から、悟《さとし》は講文社に出社した。

以前は、前夜が遅かったことを理由に昼過ぎに出社することばかりだったが、社屋のエントランスをくぐったのは朝の九時を過ぎたばかりだった。

今朝は六時半に起き、息子・裕太《ゆうた》のお弁当を作り終えたあと、裕太を起こして朝食を食べさせ、服を着替えさせて幼稚園に送っていった。

まだぎこちなく、お弁当に詰めた卵焼きは少し焦げてしまったが、それでも以前よりはるかに上手になっている。裕太は朝食をモリモリと平らげて「おいしい」と言ってくれた。

これもすべて〝彼女〟のおかげである。

悟は裕太の担任の東原《ひがしばら》に裕太を預けたあとそのまま出社した。そのためいつもより早く着いたのだった。

文庫編集部に行くとまだ部屋には誰もいない。悟が一番乗りだ。

こんなことは新入社員だった十数年ぶりのことである。

悟は自分の席に着くとさっそくパソコンを立ち上げる。あのトラブルからまだそれほど経っていないのに、ずいぶん前のことのような気がした。

あのときは頭に血が上っていた。そのためだろう。自暴自棄になり、前後の見境もなく全ての仕事を放り出してきた。そのときは、些末な事務仕事など自分がするまでもない、誰かがこなせば済むことだ、くらいに考えていた。

でも今は違う。悟が急に休んだばかりに、いろいろな人に迷惑をかけただろう。社内はもちろん、作家やデザイナー、印刷所など、考えただけで数えきれない。一週間前に出社したときは、いろいろなことがありすぎてそこまで頭が回らなかった。まずはその人たちに謝りお礼を伝えなければ。

「おはよう」

その声に我に返った悟はパソコンから顔を上げた。

出社してからいろいろな人にメールを打っているうちに、もう一時間も経っていた。それらがちょうど一段落したときだった。

声のしたほうに顔を向けると、そこに文庫編集長の野本《のもと》の姿があった。野本が悟に気づいて近づいてくる。

「森《もり》君、もう家のほうは大丈夫なのか？」

「ええ、おかげさまでなんとか。それよりずいぶんご迷惑をおかけしました」

野本は悟の言葉を聞いて目を細める。柔らかな笑みを浮かべて言った。

「いや、そんなこと気にするな。いろいろあったんだ。これからはじっくり仕事に励めばいい」

「ありがとうございます」

悟には野本の素っ気ない言葉が身に染みた。

以前、悟は文庫編集部を見下していた。作家と一緒に一から物語を創るわけじゃない。すでに世に出た作品を、形を変えて再編集するだけだ。そこにクリエイターとしての面白さはない。出世するにはここにいてはいけない。それくらいに考えていた。

当然野本のことも同様である。穏やかで人当たりもいい野本だが、仕事は硬く面白味に欠ける。大失敗もしないが大ヒットも出さない。そんな野本を悟は軽蔑していた。

でも今は分かる。野本のような人間がいて会社は支えられているのだ。

裕太の食事を作り、お風呂に入れて、幼稚園へ送り迎えする。そのひとつひとつの作業は地味で、誰から褒められるわけでもない。彼女のおかげとはいえ、この短期間で悟にも身についた仕事だ。難しいものじゃない。

でも、それをやり続けることが大切だ。誰にでもできる仕事だが、裕太には悟でなければならない。

野本の言うとおり、これからは実直に仕事をしていこう。裕太のためにも、仕事で迷惑をかけた人たちのためにも、そして彼女のためにも。

ただ……。

始業時間が迫り、編集部に続々と人が入ってくる。誰もが野本と悟の姿に目をとめていた。

「慣れない編集部だ。何か困ったことがあったら言ってくれ」

「はい……」

野本の優しさに悟は目を伏せる。

「ん？　何かあるのか？」

言い淀む悟に、野本が顔を覗き込んできた。

彼女のおかげで変わることができた。失った信頼はコツコツ取り戻すしかない。あのときは辞表を出そうとも思ったが、そうしなくてよかった。社に残ってさえいれば迷惑をかけた人たちに恩返しができる。

一人を除いて。

悟にはそれがどうしても心残りだった。

接触することは会社から禁じられている。その命令を守って、これまで会いに行くようなことはしていない。

彼のほうが会いたくないなら仕方ない。もとの関係に戻れないならわざわざ謝罪するのもバカらしい。以前はそんなふうに思っていた。

でも今は違う。許してくれなくてもいい。でも想いだけは伝えたい。変わった自分を報告だけでもしておきたかった。

「野本さん、ひとつ我儘《わがまま》を聞いてもらえませんか？」

「どうした？」

「後藤田《ごとうだ》さんに謝りたいんです」

2

その日の夕方、幹部会から戻ってきた野本が悟を手招きで呼んだ。編集部員の島から離れた野本の席に向かうと彼が言った。

「河野《こうの》専務と井上《いのうえ》部長に話してきたよ」

野本の顔はいつになく険しい。新作原稿を紛失し、看板作家を激怒させた悟を社の上層部は許していない。ずっと二人三脚でやってきた悟を生木《なまき》を裂くように後藤田から遠ざけ、なんとか社の損害を回避しようと躍起《やっき》だった。

後藤田に謝りたいなどと、虫が良過ぎたかもしれない。ところが、

「許可が下りたよ」

悟のほうから願い出たことだったが正直意外だった。

「直接会うことは許されなかったが、一度電話することだけはいいってことだ。ただし一度だけだ。それで先生が出なければ諦めろとさ……。それでいいか？」

野本の真剣な眼差しから、それだけの許可を取り付けるだけでもかなり骨を折ってくれたのが分かる。

「もちろんです。ご面倒おかけしてすいません」

「たぶん、以前の君から頼まれていたら協力していなかったかもしれない」

「え？」

「でも、さっきから話していて、何かが変わったのはよく分かる。謝りたいという気持ちも、私利私欲から言っていないということもね」

「……感謝します」

「なに、もともと君が育てた人じゃないか。それくらい当然だ」

野本に頭を下げた悟は文庫編集部をあとにして廊下を進むと、突き当たりにある鉄扉を開けた。

外に出た瞬間、悟の顔をビル風が撫でてゆく。非常階段の踊り場に来ると、悟はポケットから携帯電話を取り出した。

登録されたメモリーから『後藤田夏夫《なつお》』を探し出す。それはついこの間まで毎日のようにかけていた番号。かつては連絡先一覧から探すまでもなく、『履歴』からすぐに発信できる存在だった。

悟は目を閉じひとつ大きな深呼吸をすると、通話ボタンを押す。電波を発信する機械音のあと、呼び出し音が響いてきた。

わずか数秒の出来事が数分にも感じる。かつてはすぐに聞こえてきた声が、いつまで経っても聞こえてこない。

そしてついに留守電機能を伝えるガイダンス音声に変わった。

電話できるチャンスは一度。それを逃せば謝罪の機会はない。

ところがそのチャンスはあえなく潰《つい》えた。直接話せなければ意味がない。

悟はきつく目を閉じる。

改めて、やってしまったことの重大さを痛感した。

悟は録音開始を告げる電子音を無言で聞きながら、おもむろに通話終了のボタンを押した。

3

夜六時を過ぎると文庫編集部は慌ただしくなる。

作家や取引先からひっきりなしに電話がかかり、一部の部員は打ち合わせのために外出していく。残った者たちも机に広げた原稿と格闘していた。編集部の夜は長い。

ところが悟は鞄《かばん》に仕事道具を詰め込むと、野本に一言告げて会社をあとにした。仕事ではない。幼稚園のあとに預かってくれる『キッズクラブ』でさえ夜七時が最長だ。裕太を迎えに行かなくてはいけなかった。

野本には後藤田への電話の結果は伝えてある。「そうか」と一言言ったあと、大きな手で肩を叩いてくれた。

電車を乗り継いで自宅の最寄《もよ》り駅に到着すると、その足でキッズクラブに向かう。一階玄関わきにある教室に顔を出すと、裕太が満面の笑みで迎えてくれた。

「パパ！」

走り寄って抱き着いてくる。

「ねえパパ聞いて。今日逆上がりができるようになったよ」

「ホントか？」

「ホントホント。見てて！」

裕太はそう言ってグラウンドに飛び出すと、教室から漏れる明かりの中で鉄棒に向かう。一番低い鉄棒を摑《つか》んで勢いよく足を振ると、グルッと身体が回転した。

「おお、すごいな！」

「先生が教えてくれたの。身体を鉄棒に近づけるのがコツだって」

二人の様子を東原が笑みを浮かべて見つめている。

「裕太君は頑張り屋だからすぐに覚えましたよ。最近の成長ぶりにはびっくりです」

「ありがとうございます。それもこれも先生のおかげです」

「そんな、私は何も。それにしてもお父さん変わりましたね。奥様が亡くなって大変でしょうけど頑張ってください」

「ありがとうございます」

見たところキッズクラブには誰も残っていない。裕太が最後だったようだ。東原が玄関先まで見送りに出て手を振ってくれる。別れ際に彼女が言った。

「そういえば、この間までいらした女性は最近見ないですね」

「ええ、亜紀、いやあの親戚は帰りました。私の仕事の調整もつきましたから」

「そうだったんですね。以前は変に勘繰《かんぐ》っちゃってすいません。何かあったらいつでも相談してください」

「ありがとうございます。でももう大丈夫。裕太を見守ることは彼女との約束ですから」


家に帰ると、休む間もなく買い溜めていた食材を使って夕飯の準備をする。食べ終わったら後片付けをして、お風呂を沸かして裕太と一緒に入る。その間も、裕太は今日あった出来事をずっと悟に話し続けていた。悟を警戒して何も話そうとしなかったことが嘘《うそ》のようである。

それでもさすがに疲れたのか、パジャマに着替えさせて歯を磨く頃には、おしゃべりの勢いは急になくなった。ベッドに連れていくと、絵本を読み聞かせる間もなくすぐに小さな寝息を立て始めた。

悟はベッドサイドの明かりを消して寝室を出る。ようやく育児から解放されたが、まだ休むわけにはいかなかった。

そのまま自分の部屋の椅子に座ると、仕事鞄に詰め込んでいた物を取り出す。早く会社を出たぶん、処理しきれなかったものは家でやるしかなかった。

家事に比べれば編集の仕事は手慣れたものだ。山ほど持ち帰ってきた仕事も、二時間もするとほとんど片付く。悟はその勢いのまま、以前部屋に持ち帰っていた資料の整理を始めた。

文庫編集部に異動になった以上これらはもう必要ない。悟から引き継いだ担当者に渡すか処分しよう。

一時間も経たないうちに、床には『引き継ぐ物』と『処分する物』の山が出来上がっていった。

ところが、机の引き出しの一番奥にしまわれていた物を出したとき、それまで順調だった整理の手が止まった。

それは薄汚れた木の箱で、手の平に収まる大きさである。

悟はそれを取り出すと、息を呑みながら蓋《ふた》を開ける。中には鈍い輝きを放つ万年筆が収まっていた。

悟はじっと万年筆を見つめる。

悩み抜いた末、決意した。

携帯電話を取り出し、深夜にもかかわらず野本に電話する。

事情を聞いた野本は、翌朝の悟の〝直行〟を認めてくれた。

4

翌朝、裕太を幼稚園に送ったあと悟は汐留《しおどめ》に来ていた。

ここに来るのは原稿を受け取りに来て以来である。

駅前に立つ高級ホテルのエントランスを抜けると、エレベーターで最上階を目指す。デビュー以来苦楽を共にしてきた作家・後藤田夏夫は、ここ最近執筆終盤とその後の編集作業をこのホテルのスイートルームでするのが常だった。以前この部屋を手配したのももちろん悟だ。迷うことなく部屋の前までやってきた。

野本は昨夜許可してくれたが、「もう会うな」という会社上層部の了解は得ていないはずだ。もしこのことがバレれば責任は自分だけでは済まない。許可を出してくれた野本にまで及んでしまう。

それでも、そんな危険を冒してでも、悟にはどうしてもやらなければいけないことがあった。

この階には後藤田が泊まるスイートルームの一部屋だけしかないから、廊下は静まり返っている。悟は扉の前に立つと、鞄の中から昨夜見つけた木箱を取り出す。そしておもむろに口を開いた。

「後藤田さん、僕です。講文社の森です」

名前を告げてから、少しの間沈黙が続く。フロントに聞いたところ部屋にはいるらしいのだが、予想どおり応答はなかった。

しかし悟はかまわず続けた。

「お久しぶりです。会社からは会いに行くなと言われているのですが、どうしてもお伝えしたいことがあって伺いました。

原稿のことは本当に申しわけありません。いくら長い付き合いとはいえ、編集者として決して犯してはいけないことをしてしまいました。電話に出てもらえないのも当然だと思います。許していただけないと分かっても、この気持ちだけは伝えるべきだと思って来ました。本当に申しわけありませんでした」

悟はそう言って、静まり返る扉に向かって深々と頭を下げた。

「今日伺ったのはお詫びともう一つ。これを返したかったからです」

悟はそう言って、木箱を扉の前に置いた。それは昨夜、机の引き出しから見つけた万年筆だった。

「八年前、後藤田さんがデビューするきっかけとなった講文社恋愛小説賞特別賞の記念の万年筆です。あのあと、なかなか売れない時期に、後藤田さんが僕にこの万年筆を預けてくれましたね。『いつか大ヒットを出して大きな賞を獲得するまで、これは預かっておいてくれ』って。こんな小さな特別賞で満足できないって言ってましたね。これを受け取ったとき、僕も本当に悔しかった。この万年筆は僕らにとって『悔しさの象徴』でした。

つい忘れてたけど、もうこれを僕が預かっている理由はありません。後藤田さんは才能が開花し、今や押しも押されぬ大作家です。僕は文庫編集部に異動になったので、もう後藤田さんにお会いすることもありません。だから、最後にお返しに上がりました」

ホテルのスタッフが廊下の向こうからこちらを見ている。しかし悟は続けた。

「今まで本当にありがとうございました。一緒に大きなお仕事をさせてもらい、編集者として貴重な体験でした。しかし僕はどこかで道を見失い、気づけば大切な家族も失いかけていました。

ところが、それをある女性が救ってくれました。〝宮前春子《みやまえはるこ》〟という方です。おかげで僕はほんの少しですが変われたと思います。まだまだこれからですが、編集者として、父として、やり直していきます」

遠くで見ていたスタッフは事情を察して離れていく。物音ひとつしない廊下で悟は再び頭を下げた。

「今までありがとうございました」

頭を上げると悟はそのままエレベーターホールに向かって歩いていく。扉の前に木箱を残して。

ところが最後まで、その扉が開くことはなかった。

5

それから二日間、何事もなく過ぎていった。

悟は文庫編集部の仕事に必死で馴れ、家に帰れば裕太との時間を大切にした。しかし家事育児と仕事の両立は大変で、あまり睡眠もとれていない。

こんな状態をずっと続けられるとは思えなかったが、できるだけやってみようと思った。少しすれば仕事も落ち着くし、家事ももうちょっと要領よくできるようになるだろう。それが彼女との約束だから。どこかで自分たちのことを見ているに違いない。

ところが三日目の夕方、元上司である第一編集部編集長の竹内《たけうち》が、文庫編集部に現れるなり声を荒らげた。

「森っ！　お前いったい何をしでかした！」

血相を変えて怒鳴る竹内が、悟のデスクの前までやってくる。悟の反応を待たずに竹内はまくし立てた。

「ついさっき後藤田先生から電話があった。話したいことがあるから四時にうちへいらっしゃるという。どうやら少し前に、お前は先生に会いにホテルへ行ったそうじゃないか。あれほど接触禁止だと命令したはずだぞ！」

部屋にいる編集部員たちの目が二人に集中する。様子を見ていた野本が二人に近づき口を開きかける。悟は目で野本を制した。

「すいません。すべて私の独断です。責任は私が負います」

「当たり前だ。関係断絶にでもなったら覚悟しておけよ。井上部長と浅田《あさだ》次長と俺で会ってくる。終わるまで辞表でも書いて待機してろ！」

竹内はそれだけ言うと、会談の準備のために慌ただしく出ていった。

「大丈夫か？」

野本が心配してやってくる。

「守ってやれずにすまんな」

「いえ、野本さんにこれ以上ご迷惑はかけられません。先日のことは私の独断ということにしてください」

悟はそう言って途中だった仕事に戻っていった。

ところが約束の四時を十五分ほど過ぎた頃、突如悟のデスクの電話が鳴った。すぐに出ると電話は井上部長からの内線だった。

「森君、今すぐ応接室に来てくれ」

講文社ビルの最上階にある応接室に行くと、部屋の前で井上部長と浅田次長、そしてさっきまで怒鳴り散らしていた竹内が待っていた。

「お待たせしました」

部長が神妙な声で切り出した。

「森君、後藤田先生が君と二人で話をしたいという。雰囲気からいってとても前向きな話とは思えない。もしうちとの関係を断ちたいという話になっても決してうなずくな。とにかく頭を下げ続けるんだ。いいな！」

顔の血管を怒張させて話す部長に、悟は小さくうなずく。会社に迷惑をかけるわけにはいかない。ただその一方『損害の回避』だけで頭がいっぱいな上層部が無性に小さく見えた。自分もかつては同じ人種だったのだろう。彼らは後藤田に頭は下げているが本当の意味で決して謝ってはいない。ただ自分のことしか考えていないだけなのだ。

悟は三人に背中を向けると、応接室の扉をノックした。

「失礼します」

部屋に入るなり悟はすぐに頭を下げた。

「原稿紛失の件、ならびにホテルへ押しかけた件、本当に申しわけありませんでした。僕は」

「森さん」

しかし悟の言葉を遮《さえぎ》って後藤田が口を開いた。

「この間ホテルに来たとき、『宮前春子という女性に救われた』って言ってたね」

思わぬ展開に、悟は下げていた頭を上げる。

部屋の中央には応接セットが置かれ、奥のソファに後藤田は座っていた。

「ええ……」

「その女性って誰なの？」

「それは……言っても信じてもらえないと思います」

するの後藤田はその答えを無視して言った。

「実は十日ほど前、気晴らしに近くのバーにでも飲みに行こうと思ってホテルを出ると、おかしな女性に声をかけられたんだ。『森悟さんのお世話をしている宮前春子』と言っていた」

その話を聞いて悟は驚いた。

十日前といえば、悟が春子、いや亜紀と最後の別れをした直前だ。

家を追い出してからしばらくの間、どこで何をしていたか分からなかったが、まさか後藤田に会いに行っていたなんて思いもしなかった。

「彼女は俺を捕まえるなり、『森は以前とは変わったから、どうか過去のことは許してあげてほしい』と言ってきた。どういう関係なんだと聞いても『親戚の者』としか言わないから、どうせ講文社の人間だろうと思ってた。こんな芝居までするなんて、なんて姑息《こそく》な奴らだと思ったよ。

でも森さんも同じ女性の話をする。いったい彼女は誰なんだ」

仕方なく悟は一言つぶやいた。

「大切な人です……」

すると後藤田はひとつ大きな溜息を吐《つ》いて話し始めた。

「講文社のみなさんは僕が原稿を失くされたから怒っていると言う。もちろん失くされたのは哀しい。あの作品には思い入れもあったし、ずいぶん苦労して書き上げたからね。

でも僕の本音は違う。それは僕が教えては意味がない。自分たちで気づけないならそれまでだと思ってた」

後藤田の真意が摑めず悟は押し黙る。後藤田は険しい顔で続けた。それはまるで、部長たちが最も恐れた〝絶縁状〟のようだった。

「森さんはここ最近、僕の要求はなんでも聞いてくれましたね。売れっ子になってずいぶん調子に乗っているが、原稿を上げてくれるなら安いもんだと思ってたんじゃないですか？」

その言葉に悟はぎくりとする。まさにそのとおりだったからだ。

「ただね、僕だって分かってました。一晩で百万も使うなんて尋常《じんじょう》じゃないですよ。僕はあんなところで女の子たちを侍《はべ》らせて豪遊したかったんじゃない。僕は森さんに気づいてもらいたかったんだ。僕はあなたや会社に利益をもたらすだけの存在なのか、それともそんな薄っぺらい関係だけじゃない、深いつながりがあるのか」

悟はそれを聞いてハッとした。

「僕がまだデビューしたてで売れなかったとき、森さんは僕を励ましてくれました。僕には才能がある。だから今は良い作品を書き続けることだけを考えようって。森さんは僕の相談に真剣に向き合ってくれましたし、時には怒ってくれました。良い作品を作るためには絶対妥協してはいけないと、僕に言い続けてくれましたよね。

それなのに、いったん売れ出したらあなたは変わってしまった。

その頃から気づいてたんですよ。いつの間にか僕は『金を生む機械』になっていたんじゃないですか？　ちやほやすれば自動的に原稿を生んでくれると。

その頃次の作品の相談をすると、森さんはなんて言っていたか覚えてますか？」

悟はそれを聞き、自分のふがいなさに奥歯を噛《か》みしめた。

その言葉は覚えている。

「森さんは『売れるやつ』とだけ言ったんですよ。以前はどんなストーリーなのか、どんなテーマなのか、設定は、描写はと、いろいろと相談していたのに、あの頃からどんなこともお任せになりましたよね。

しかも必死になって書き上げた原稿でも、あなたはそのうち褒めるだけで、なんの指摘もしてくれなくなりました。作品ではなく、その先にある利益と、自分の出世の道具としか思ってくれてないことに気づいてました。

『被災地の夜』は僕の限界に挑戦した作品でした。親子の絆を書きたかったんです。子供がいない僕には親子のことは難しかった。だから子供のいる森さんといろいろ相談したかった。でも森さんは何も答えてくれませんでしたね。

部下の女性と遊ぶので忙しかったのかな？　それくらい僕は気づいてましたよ」

後藤田はそこまで一気に話すと、視線を悟から窓の外に移した。

「実は今、駿河台《するがだい》書店さんから執筆の依頼をされてるんです」

その言葉に悟の身体が堅くなる。

駿河台書店は講文社と並ぶ大手出版社だ。後藤田夏夫を迎えるにあたり、最高のスタッフ、最高の待遇を用意していることだろう。

『駿河台書店と付き合うから講文社とは縁を切る』

このあとそんな言葉が出るのを覚悟した。

「実はこの間、こっそり森さんの家まで行ったんですよ」

ところがその言葉に、悟の緊張がふっと解けた。

「息子さん、大きくなりましたね。葬儀でもチラッと見かけましたが、その前に会ったのはまだハイハイしてた頃ですよ。あの頃はまだ奥さんも元気だった。奥さんが亡くなったことは井上部長から聞いてます。僕に会いに来た彼女、そして森さんが言う大切な人って、奥さんですよね」

悟は息を呑んだ。

まさか後藤田がそこまで知っているとは思いもしなかった。

「僕は彼女の話を信じます。実は彼女は最後に『妻です』と話してくれたんです。あのときは信じられなかったけど、森さんが本当に変わった様子を見て今では信じています。確かに彼女は森さんの奥さんだ。家庭を顧みない、あの『森悟』をここまで変えられるのは奥さんしかない」

彼は全てを知っている。自分が『大作家』に祭り上げていたときも、彼は全てを見透かしていた。結果悟は大失敗をしたにもかかわらず、会いに来てくれたのが嬉しかった。

「息子さん、近頃は森さんにずいぶん懐《なつ》いてるじゃないですか」

そう言いながら、ジャケットの内ポケットに手を伸ばした後藤田は、中からあるものを取り出した。

手の平に載せられて悟の眼前にあるそれは黒く輝いている。

それは先日悟が後藤田に返したもの。二人の『悔しさの象徴』である万年筆だった。

「この万年筆はまだ森さんが持っていてください」

「え？」

「僕はまだまだ、今の状況に満足してませんよ。駿河台書店の方と一緒に新作の打ち合わせをしたんですが、どうもしっくりこないし物足りない。昔みたいに議論をぶつけあって、もっともっと素晴らしい作品を書きたいんです」

「それじゃあ」

「この間思いついたアイデアがあるんですよ。ロボットの恋の物語です。今までの僕のイメージを一新する作品にしたい」

「後藤田さん……」

「今すぐ新作の打ち合わせを始めましょう」

後藤田はそう言うと、あれ以来初めての笑顔を悟に見せてくれた。

その笑顔はどこか懐かしい。新人だった頃の彼を思い出させてくれるものだった。

悟は溢れる想いを堪《こら》えながら、後藤田に、そして最後まで助けてくれた亜紀に頭を下げ続けた。

この物語はフィクションです。
実在する個人・組織および事件等とは一切関係ありません。

初出
「その時までサヨナラ」
　単行本（書き下ろし）　二〇〇八年四月、文芸社
　文庫　二〇一二年二月、文芸社文庫
スピンオフ「その後の物語」
　書き下ろし

その時《とき》までサヨナラ

二〇一七年 七 月一〇日 初版印刷
二〇一七年 七 月二〇日 初版発行

著 者 山田《やまだ》悠介《ゆうすけ》
発行者 小野寺優
発行所 株式会社河出書房新社
〒一五一－〇〇五一
東京都渋谷区千駄ヶ谷二－三二－二
電話〇三－三四〇四－八六一一（編集）
〇三－三四〇四－一二〇一（営業）
http://www.kawade.co.jp/

ロゴ・表紙デザイン 粟津潔
本文フォーマット 佐々木暁
本文組版 KAWADE DTP WORKS
印刷・製本 凸版印刷株式会社

Printed in Japan ISBN978-4-309-41541-3

スイッチを押すとき　他一篇

山田悠介　41434-8

政府が立ち上げた青少年自殺抑制プロジェクト。実験と称し自殺に追い込まれる子供たちを監視員の洋平は救えるのか。逃亡の果てに意外な真実が明らかになる。その他ホラー短篇「魔子」も文庫初収録。

引き出しの中のラブレター

新堂冬樹　41089-0

ラジオパーソナリティの真生のもとへ届いた、一通の手紙。それは絶縁し、仲直りをする前に他界した父が彼女に宛てて書いた手紙だった。大ベストセラー『忘れ雪』の著者が贈る、最高の感動作！

推理小説

秦建日子　40776-0

出版社に届いた「推理小説・上巻」という原稿。そこには殺人事件の詳細と予告、そして「事件を防ぎたければ、続きを入札せよ」という前代未聞の要求が……ＦＮＳ系連続ドラマ「アンフェア」原作！

アンフェアな月

秦建日子　40904-7

赤ん坊が誘拐された。錯乱状態の母親、奇妙な誘拐犯、迷走する捜査。そんな中、山から掘り出されたものは？　ベストセラー『推理小説』（ドラマ「アンフェア」原作）に続く刑事・雪平夏見シリーズ第二弾！

戦力外捜査官　姫デカ・海月千波

似鳥鶏　41248-1

警視庁捜査一課、配属たった２日で戦力外通告⁉　連続放火、女子大学院生殺人、消えた大量の毒ガス兵器……推理だけは超一流のドジっ娘メガネ美少女警部とお守役の設楽刑事の凸凹コンビが難事件に挑む！

神様の値段

似鳥鶏　41353-2

捜査一課の凸凹コンビがふたたび登場！　新興宗教団体がたくらむ“ハルマゲドン”。妹を人質にとられた設楽と海月は、仕組まれ最悪のテロを防ぐことができるか⁉　連ドラ化された人気シリーズ第二弾！

著訳者名の後の数字はISBNコードです。頭に「978-4-309」を付け、お近くの書店にてご注文下さい。